風に散る煙 上

ピーター・トレメイン

JN091193

よきワトスン役であるエイダルフに同行して海路カンタベリーに向かっていたフィデルマは、途中時化《しけ》のためダヴェド王国への上陸を余儀なくされる。先を急ぎたいふたりだったが、フィデルマの評判を聞きつけた国王から、小さな修道院の修道士や家畜がすべて消え失せるという不可解な出来事の謎を解いてほしいとの要請を受ける。じつはその修道院には王の息子がいたというのだ。捜査を引き受けたフィデルマとエイダルフは、ダヴェド王国の判事とともに問題の修道院へと向かうが……。王の妹にして弁護士、美貌の修道女が活躍するシリーズ第十弾。

登場人物

〝キャシェルのフィデルマ〟……修道女。七世紀アイルランドの法廷に立つ
ドーリィー〔法廷弁護士〕でもある
〝サックスムンド・ハムのエイダルフ〟……サクソン人修道士。サクソン南部のサック
スムンド・ハムの出身

《ポルス・クライス》
ブラザー・フロドリ……ポルス・クライスの修道士

《メネヴィアの聖デウィ（聖デイヴィッド）修道院》
トラフィン修道院長……修道院長
グウラズィエン……ダヴェド国王
カセン……グウラズィエンの息子
ブラザー・メイリグ……ダヴェドのバーヌウル（判事）
ブラザー・カンガー……旅の修道士

カデッス……武人

《ペン・カエルとその周辺》

マイル……殺された少女
ヨーウェルス……スァヌウンダの鍛冶職人、マイルの父親
イェスティン……ヨーウェルスの友人、農夫
イドウァル……渡りの羊飼いの若者
グウンダ……ペン・カエルの領主
エレン……グウンダの娘
ビズォグ……グウンダの屋敷の使用人
クラドッグ・カカネン……無法者
コリン……クラドッグの仲間
シアルダ……クラドッグの仲間
ゴフ……スァンヴェランの鍛冶職人
フロンウェン……ゴフの妻
デウィ……ゴフの息子

エリッス……………………………………………………薬師《くすし》

オスリック…………………………………………………ホウィッケ小王国の太守

風に散る煙 上

ピーター・トレメイン
田村美佐子訳

創元推理文庫

SMOKE IN THE WIND

by

Peter Tremayne

Copyright © 2001 by Peter Tremayne
This book is published in Japan
by TOKYO SOGENSHA Co., Ltd.
Japanese paperback and electronic rights
arranged with A M Heath & Co., Ltd., London
through Tuttle-Mori Agency Inc., Tokyo

日本版翻訳権所有
東京創元社

《シスター・フィデルマ・ミステリーズ》公式ウェブサイト
www.sisterfidelma.com　管理者
アメリカ合衆国アーカンソー州のデイヴィッド・R・ウートンに
応援と激励に対し感謝をこめて

歴史的背景

《修道女フィデルマ・シリーズ》の時代設定は西暦七世紀半ばのアイルランドが主である。だが本書の物語は、フィデルマと相棒のサクソン人修道士ブラザー・エイダルフが、アングロサクソン諸王国の大司教がおわすカンタベリーへの旅の途中に出合うできごとを描いたものだ。時化《しけ》に見舞われたふたりはダヴェド王国、すなわち現在でいうウェールズの南西部沿岸への上陸を余儀なくされる。

シスター・フィデルマは、〝キルデア[1]の聖ブリジッド[2]〟が設立した修道院にかつて所属していた尼僧、というだけではない。古代アイルランドの法廷において弁護士を務めるドーリイー[3]の資格を持った女性だ。これらの背景にはなじみの薄い読者のかたがたも多かろうと思い、本シリーズをより楽しんでいただくため、作中にて言及されることがらに関しての最重要ポイントをここでご紹介しておく。

フィデルマの時代のアイルランドはおもに五つの地方王国から成り立っていた。じっさい、現代アイルランド語[4]では今でも〝地方〟をあらわす言葉として、〝五つの〟を意味する〝グイゲ〟を用いる。四地方――ウラー[5]（アルスター）、コナハト[6]、モアン[7]（マンスター）、ラーハン[8]（レンスター）――の各王はアード・リー〔大王《ハイ・キング》〕[9]に忠誠を捧げた。第五の地方であり、〝中央の王国〟を意味する〝大王領〟ミー[10]（ミース）の都タラ[11]より全土を治めた大王である。各地方王国においても、統治は小王国やクラン〔氏族〕[12]領に分権化されていた。

だが本書ではそれだけでなく、変革のまっただ中であるウェールズの新興諸王国も登場する。サクソン人に〝ウェリスク〟[14]（外国人）[13]と呼ばれた、ブリテン島の原住民であったブリトン人たちが、ジュート人やアングロサクソン人の侵略を受け、千五百年近くにわたり暮らしてきた領土から西へ追いやられてきたのだ。フィデルマの時代には、デヴォン（ドゥムノニア）とコーンウォール（カーナウ）はまだケルトの地だったが、カンバーランド（フレゲッド）はグウィネズとポウイスの二大王国間で分断されていた。いっぽう南ウェールズは八つの小王国に分かれており、支配権を巡ってはダヴェドとケレディギオンが争っていた。

ウェールズの守護聖人である聖デイヴィッド（聖デウィ）が祀《まつ》られた有名な修道院のあるダヴェドには、じっさいにはアイルランド人のデイシ[15]が居住していた。初期の王たちの名はみなアイルランドの名前だ。ウェールズ王の一覧を見れば、かの有名なハウエル・ザー（九〇五〜九五〇年）が西暦四〇〇年頃にダヴェドを治めたオーハッジ[16]王の子孫であることがわかる。ハウエル・ザーがウェールズ全土を支配した最も偉大な王であったことはほぼ間違いない。ダヴェドの大会議を招集したのもハウエル・ザーだった。六週間にわたっておこなわれたこの大会議では、ブレガウリッドという弁護士が議長に据えられ、ウェールズ各地から集まった代表者によって、この国で最初に成文化されたことで知られる法律が制定された。これが〈ハウエル・ザー法典〉として知られる法律書である。とはいえ、この法典はケルト民族の古代の法律上の因習をまさに象徴するものなので、アイルランドの〈ブレホン法〉と〈ハウエル・ザー法典〉を比較した場合、その共通点は明らかだろう。

本書においてフィデルマが興味を抱くのが、まさにこの、両者に共通する法律上の因習なのだ。

しかしながら、フィデルマ自身の文化については今一度申しあげておかねばなるまい。彼女はそれを通してこのダヴェドなる王国を眺め、みずからの国の法体系が認める弁護士として行動する術《すべ》を見いだしていくからだ。

財産の相続権は長男または長女にある、と定める長子相続法は、アイルランドにはない概念であった。王を選ぶさいには、最下位のクランの族長から大王に至るまで、一部では世襲制の場合もあったが、もっぱら選挙制が用いられていた。統治者となる者は、男であれ女であれ、その地位にふさわしい人物であることをみずから証明せねばならず、デルフィネ[17]――共通の先祖から数えて少なくとも三世代以上の家族集団――の秘密会議において、選挙によって選ばれた。統治者が民の福利の追求をおろそかにした場合には弾劾され、地位を追われることとなった。ゆえに古代アイルランドの君主制は、中世ヨーロッパで発展した封建君主制よりも、現代の共和制に共通する部分が多い。

西暦七世紀のアイルランドは〈フェナハスの法[18]〉、つまり〝地を耕す者の法〟と呼ばれる洗練された法律によって統治されていた。のちに〈ブレホン法[19]〉として一般的に知られることとなる法律である。〝裁判官〟を意味するブレハヴからその名がつけられた。いい伝えによれば、この法律が最初に編纂されたのは紀元前七一四年、大王《ハイ・キング》オラヴ・フォーラ[20]の命令によるものだった。やがて千年以上の時を経て、西暦四三八年、大王《ハイ・キング》リアリー[21]によって九人の識者が招集され、この法に検討・改訂が加えられて、当時新たに用いられはじめたラテン文字によって書き留《と》められた。この会議に招集されたうちのひとりが、のちにアイルランドの守護聖人となるパトリック[22]だった。識者たちは三年後、この法律を文書化したものをつくりあげたが、知られるかぎり、これが最初に成文化された法典である。

現状知られているかぎり、ウェールズの法体系がその後五百年間成文化されなかったことは周知のとおりだが、とはいえそれは、アイルランドの法体系と同様に、今や失われて久しい、洗練された口承という伝統、あるいは写本による編纂がおこなわれたゆえのことであった。むろん、ローマによる占領と、その後のローマ・カトリック教会との接触が、ウェールズの法律に色濃く影響を残した。それでもその奥には、ケルトの源流が脈打っているのがはっきりと透けて見えるのだ。

古代アイルランドの法典で完全版が現存している最古のものは、ダブリンのロイヤル・アイリッシュ・アカデミー所蔵の十一世紀の写本に収録されている。やがて十七世紀になると、アイルランドにおける英国の植民地統治によって〈ブレホン法〉の使用が禁止された。法典を一冊所有しているだけでも罰せられ、死刑または流刑を科せられる場合も少なくなかった。ウェールズ法は、一五三六年から一五四二年にかけてのイングランドによるウェールズ併合が布告されるまでは存続していた。これは英語と、イングランドの法律および慣習を強制するものでもあった。現存しているウェールズ語とラテン語の写本は約八十点ほどあるが、いずれもおもに十二世紀から十六世紀までのものである。

アイルランドでは、法体系は不変のものではなく、三年ごとにフェシュ・タウラッハ[23]〈タラの祭典〉において法律家や行政官らが集《つど》い、変わりゆく社会とそれに応じた必要性を考慮し、法の検討と改訂をおこなった。

これらの法のもとで、女性は独特の地位を占めていた。アイルランドの法律では、当時、あるいは最近までのいかなる西欧の法典と比べても、より多くの権利と保護が女性に与えられていた。女性は男性と同等に、あらゆる官職、あらゆる専門的職業に就くことができ、またじっさいに就いていた。武人として戦《いくさ》で兵たちの指揮を執ることも、政治指導者になることも可能だったし、地方代官にも、詩人にも、職人にも、医師にも、弁護士にも裁判官にもなれた。フィデルマの時代に生きた女性裁判官の名前はわれわれも知るところだ——とりわけ、ブリーグ・ブリユーゲッド、エインニャ・インギーナ・イーガイリ、デイリーといった名には聞きおぼえがあるだろう。たとえば、デイリーは裁判官であっただけでなく、六世紀に書かれた名高い法典の著者でもあった。

女性たちは、性的いやがらせや性差別[24]、強姦などからも法によって護られていた。夫と同等の条件のもとに離婚[25]する権利も、夫婦離別に関する法のもとに定められており、離婚の和解条件として夫の財産の一部を要求することができた。個人的財産を相続する権利も、また病気や入院のさいには疾病手当の支給を受けることもできた。古代アイルランドには、ヨーロッパ最古の病院の記録システムが存在した。今日《こんにち》の観点から眺めると、〈ブレホン法〉の内側には、理想的とも思える社会が築かれていたように見受けられる。

本シリーズにおけるフィデルマの役割をお楽しみいただくために、こうした背景、および近隣諸国とアイルランドとの歴然とした差をご理解いただければと思う。

フィデルマは、ブレホン〔法官、裁判官[26]〕である〝ダラのモラン師[27]〟が教鞭を執る〈詩人の学問所[28]〉で八年間の勉学を経たのち、アンルー[29]〔上位弁護士〕の資格を取得した。これは古代アイルランドにおいて、〈詩人の学問所〉あるいは聖職者の学問所が授与する最高位の資格に次ぐ、唯一の高位資格であった。その最高位の資格はオラヴ[30]と呼ばれ、現代のアイルランド語においても〝大学教授〟を意味する言葉として残っている。フィデルマは『シャンハス・モール[31]』に基づく刑法と『アキルの書[32]』に基づく民法の両者を究めた。それにより、彼女はドーリイー〔法廷弁護士〕となった。

警察とは別に証拠を集めて吟味《ぎんみ》し、事件の手がかりを探すという点で、彼女のおもな役割を、現代スコットランドの州裁判所の判事補佐になぞらえてもよいだろう。現代フランスの予審判事も同様の役割を担う。いっぽうでブレホンが不在の場合、ときおりフィデルマが法廷において検察官の役割を果たしたり、軽微事件において弁護人を務めたり、ときには裁判官として判決をくだしたりすることもあった。

これに遡《さかのぼ》る数世紀の間には、専門家や知識階級の人々はみなドゥルイド[33]と呼ばれていたが、この時代、そうした人々のほとんどが、新たに参入しはじめたキリスト教の修道院に属していた。フィデルマもかつては、五世紀後半に聖ブリジッドが設立したキルデアの修道院の一員であった。だが本作で描かれるできごとが起こった頃には、フィデルマはすでに失望ゆえにキルデアを去っている。その理由については、短編「晩禱の毒人参《ヘムロック》」（『修道女フィデルマの洞察』収録）をぜひお読みいただきたい。

ヨーロッパにおいて七世紀は〈暗黒時代〉の一部と考えられているが、このときのアイルランドは〈黄金の啓蒙《けいもう》時代〉であった。ヨーロッパ各地から学生たちが教育を受けるためにアイルランドの大学へ群れをなしてやってきた。その中には、多くのアングロサクソン諸王国の王子たちの姿もあった。ダロウのキリスト教系の大学問所では、当時、少なくとも十八か国以上の国々から学生が訪れていたという記録が残っている。同時に、アイルランド人修道士やアイルランド人修道女は異教の地であるヨーロッパの人々をキリスト教に改宗させるため国外へ出かけていき、教会や修道院を設立し、東はウクライナのキーウ、北はフェロー諸島、南はイタリア南部のターラントに至るまで、ヨーロッパじゅうに学問の拠点を築いていった。アイルランド、といえば教養と学問の代名詞であった。

だがアイルランドのケルト・カトリック教会派[34]とローマ・カトリック教会派との間では、典礼の方式や式次第についての論争が常に絶えなかった。ローマ・カトリック教会は四世紀に改革に着手し、復活祭《イースター》の日取りやそのための儀式の解釈を変えていった。ケルト・カトリック教会と東方正教会はローマに従うことを拒んだが、九世紀から十一世紀にかけてケルト・カトリック教会はしだいにローマ・カトリック教会に吸収された。いっぽうで、東方正教会は今日《こんにち》も独立を保ちつづけている。フィデルマの時代のアイルランドのケルト・カトリック教会はまさにこの対立の渦中にあったため、教会問題を論ずるにあたっては、当時じっさいにあったこの哲学的闘争に触れぬわけにはいかないのだ。

七世紀のケルト・カトリック教会とローマ・カトリック教会に共通していたのは、独身制がかならずしも護られてはいなかったという点であった。肉体的な愛は神に身を捧げることにより昇華されねばならぬと考える禁欲主義的な修道士たちはどちらの教会にも常に存在したが、西方教会（ローマ・カトリック教会）において聖職者の婚姻が（禁止とまではいかぬまでも）咎《とが》め立てされるようになったのは、西暦三二五年のニカイアの総会議《カウンシル》[35]がきっかけだった。ローマ・カトリック教会において興った独身制の概念は、もとは異教の女神ウェスタに仕える巫女や、女神ディアナに仕える神官たちの慣習から生じたものであった。

五世紀になると、ローマ・カトリック教会は大修道院長および司教よりも上位にある聖職者たちに妻との同衾《どうきん》を禁じ、やがてまもなく、婚姻そのものを禁止した。ローマ・カトリック教会は一般の聖職者たちの婚姻を認めていなかったが、禁止するまでには至っていなかった。じっさい、西欧の聖職者全員が独身制を受け入れるべく強いられることとなったのは、教皇レオ九世（在位一〇四九～一〇五四年）による改革がなされたときのことであった。ケルト・カトリック教会が反独身制を返上し、ローマ・カトリック教会の意向に従うまでには幾世紀もの時を費やしたが、いっぽう東方正教会においては、今日《こんにち》でも、大修道院長および司教よりも下位の聖職者たちには婚姻の権利が認められている。

ケルト・カトリック教会においては異性関係に対して寛大な姿勢がとられていたというこれらの事実を認識していただければ、おのずとこの《修道女フィデルマ・シリーズ》の背景についてもご理解いただけることだろう。

ローマ・カトリック教会の方針が教義として制定されても、しばらくのちまで、〝肉欲の罪〟を断罪するという考えかたはケルト・カトリック教会にとっては相容れぬものだった。《フィデルマ・ワールド》では、男女がともに大修道院や僧院で暮らしている。こうした施設は男女共住修道院《コンホスピタエ》あるいは〝ダブル・ハウス〟と呼ばれ、そこでは男女がキリストに仕えながらともに暮らし、子どもを育てていた。

フィデルマが所属していたキルデアの聖ブリジッド修道院も、彼女の暮らした時代には、男女が共同生活を送るそうした修道院のひとつだった。聖ブリジッドがキルデアに修道院を設立したさいにも、コンレード司教という人物が招き入れられている。聖ブリジッドの伝記で現存する最古のものは、西暦六五〇年、すなわちフィデルマの生きた時代に書きあげられた、コギトサスというキルデアの修道士が著したものだが、その中にも、この修道院が彼の時代にもやはり男女共住のままであったことが明確に記されている。

女性が男性と同等の役割を担っていた証拠に、この時代のケルト・カトリック教会では、女性も司祭を務めていたということは着目すべき点であろう。聖ブリジッドも、聖パトリックの甥であるメールによって司教の位を授けられたが、これはけっして特殊な例ではなかった。六世紀には、ケルト・カトリック教会が聖体の秘跡たるミサを女性に執りおこなわせているることに対し、ローマ・カトリック教会がじっさいに文書によって抗議を申し立てている。ローマ・カトリック教会とは異なり、アイルランドの教会に〝聴罪司祭〟、すなわちキリストの名においてそれらの罪を赦《ゆる》す権限を持つ聖職者に〝罪〟を告解するという制度はなかった。そのかわり、人々は聖職者または平信徒の中からアナム・ハーラ[36]〔〈魂の友《ソウル・フレンド》〉〕を選び、感情的・精神的安寧《あんねい》に関わることがらを話し合った。

多くの読者のかたがたが人名をより手軽に参照しやすいよう、主要登場人物一覧を添えた。一部の英語話者の読者のかたがたは、ウェールズ語の地名および人名にさぞ困惑されることだろう。そうしたかたがたが直面するであろう、ウェールズ語においてもとりわけ難解な音声体系についてここで説明する。Cは〝cat（猫）〟のように常に硬音だが、CHは作曲家の〝Bach（バッハ）〟の発音だ。DDは〝them（彼らに）〟における〝th〟の発音になる。〝Llanwda（スァヌウンダ）〟や〝Llanpadern（スァンパデルン）〟などのLLは、英語にはない発音である。これを正確に発音するには、〝l〟を発音するときのように舌先を上の歯の付け根に当て、無声音で息を吐く。結局破れかぶれで〝ch'lan（クラン）〟のような発音になってしまう場合もあるが。THは〝cloth〟の場合と同じ発音。Uはほとんどが〝tea〟または〝tin〟、Wは〝boon〟または〝cook〟、Yは〝tea〟または〝run〟の場合の母音と同じ発音となる。たとえば、Cymru（ウェールズ）は〝カムリ〟となる。また、族長Gwndaの名前は〝グウンダ〟と発音する。

最後に、先日複数の読者のかたがたから、距離の表現に現代メートル法を用いるのは時代にそぐわないのではないかという手紙を頂戴した。この点においては、歴史家としてのわたしは作家としてのわたしに潔く道を譲り、フィデルマの時代のアイルランドの度量衡を現代ふうにわかりやすくいい換える必要があると考えている。でなければ、オーラッハ、バス、トゥリッグ、ケイム、ジェシュ・ケイム、フェルタッハ、フォラッハ[37]といった言葉の意味をひとつひとつ説明せねばならず、煩雑なること間違いないからだ。

アイルランド語の発音

《修道女フィデルマ・シリーズ》が大勢のかたに読んでいただけるようになり、これまでにも多くの英語話者のファンのみなさまから、アイルランド語の人名や用語の発音を知りたいとの手紙を頂戴した。

アイルランド語はインド＝ヨーロッパ語族のケルト語派に属する言語である。マン島語、スコットランド・ゲール語とはごく近い関係にあり、ウェールズ語、コーンウォール語、ブルターニュ語とも遠からず縁がある。ひじょうに古いヨーロッパの書き言葉である。ハーバード大学のカルヴァート・ワトキンズ教授は、この言語はリンガ・フランカ（フランス語、イタリア語、ギリシャ語、スペイン語、アラビア語などの混じった、地中海沿岸地方の言葉）であり、ヨーロッパ最古の土着の言語であるギリシャ語やラテン語が含まれている、と主張している。現存するテキストは最も古いもので七世紀のものがある。

フィデルマの時代のアイルランド語は古アイルランド語に分類されるが、九五〇年頃からは、中期アイルランド語として知られる時代に入る。ゆえに本シリーズでは、地名や人名、および用語において、可能なかぎり古アイルランド語の形を忠実に記している。たとえていうならば、現代英語を用いるよりはチョーサーの英語を用いるといったところだ。例をあげると、古アイルランド語の aidche（夜）という単語は、現代アイルランド語では oiche となる。

アイルランド語のアルファベットには十八文字しかない。最も初期の時代には標準語が存在したが、今日《こんにち》では四つの異なる方言が認められている。とりあえず、フィデルマの用いているマンスター方言について語ることとしよう。

原則としては第一音節にアクセントが置かれるが、あらゆる言語がそうであるように、いくつか例外がある。マンスター方言では、語頭にアクセントを置くという原則の例外として以下のようなものがある。（a）第二音節が長音の場合、第二音節にアクセントが置かれる。（b）語頭の二音節が短音かつ第三音節が長音の場合、第三音節にアクセントが置かれる――たとえば、amadán（愚か者）は amad-awn（アマドーン）となる。あるいは（c）第二音節に ach が含まれ、単語内に長音がひとつもない場合、第二音節にアクセントが置かれる。

a, e, i, o, u の五つの短母音と、á, é, í, ó, ú の五つの長母音がある。長母音にはフランス語におけるアキュートに似たアクセント符号がつく。これはファーダ〔〝長い〟の意味〕と呼ばれ、アイルランド語における唯一のアクセント記号だ。小文字だけでなく大文字につく場合もある。

アクセント符号が重要なのは、それがどこに置かれるかによって、まったく違う言葉になるからだ。Seán（ショーン）は〝ジョン〟だが、sean（シャン）は〝古い、年老いた〟、séan（シーアン）は〝前兆〟である。ショーン・コネリーという著名な映画俳優がいるが、名前からアクセント符号を省いてしまったら〝コネリー爺さん〟になってしまうのだ！

これらの短母音と長母音は〝広母音〟または〝狭母音〟のいずれかである。六つの広母音は以下のとおり。

a　発音は“cot”（小屋）の“o”（オ）
á　発音は“law”（法律）の“aw”（オー）
o　発音は“cut”（切る）の“u”（ア）
ó　発音は“low”（低い）の“o”（オー）
u　発音は“run”（走る）の“u”（ア）
ú　発音は“rule”（規則）の“u”（ウー）

四つの狭母音は以下のとおり。

i　発音は“hit”（打つ）の“i”（イ）
í　発音は“see”（見る）の“ee”（イー）
e　発音は“let”（〜させる）の“e”（エ）
é　発音は“say”（いう）の“ay”（エイ）

さらに二重母音があるが、その中には、たとえば〝say〟の〝ae〟、あるいは〝quit〟（やめる）の〝ui〟といった英語の発音とよく似ており、比較的理解しやすいものもある。とはいえ、アイルランド語においては、さらにいくつかの二重母音および三重母音を学ぶ必要がある。

ái　発音は〝law〟（法律）の〝aw〟（オー）（dálaigh＝ドーリィー）
ia　発音は〝near〟（近い）の〝ea〟（イア）
io　発音は〝come〟（来る）の〝o〟（ア）
éa　発音は〝bear〟（熊）の〝ea〟（エア）
ei　発音は〝let〟（～させる）の〝e〟（エ）
aoi　発音は〝mean〟（意味する）の〝ea〟（イー）
uai　発音は〝blue〟（青い）の〝ue〟（ウー）
eoi　発音は〝yeoman〟（従者）の〝eo〟（オウ）
iai　発音は〝see〟（見る）の〝ee〟（イー）

隠れ母音

アイルランド人の多くが〝film〟（映画）という単語を〝fil'um〟（フィルウム）と発音することにみなさまもお気づきになるだろう。これはまさしくアイルランド語の発音の法則に倣《なら》ったものである。l, n, r のあとに b, bh, ch, g（n のあとを除く）, m, mh が続き、その前にアクセントの置かれた短母音がある場合、間に付加母音を加えて発音する。すなわち、bolg（胃）は“bol'ag”（ボラグ）、garbh（粗い）は“gar'ev”（ガレヴ）、dorcha（暗い）は“dor'ach'a”（ドラハ）、gorm（青い）は“gor'um”（ゴルム）、ainm（名前）は“an'im”（アニム）と発音する。

子音

b, d, f, h, l, m, n, p, r, t はほぼ英語と同様である。

g　“gate”（門）の“g”のように常に硬音

c　“cat”（猫）の“c”のように常に硬音

s　“said”（いった）の“s”のように発音するが、狭母音の前では“shin”（脛《すね》）の“sh”の発音となる

アイルランド語には j, k, q, w, x, y, z の文字は存在せず、v は“bh”の組み合わせであらわされる。

子音は軟音化や暗音化によって発音が変化する場合がある。軟音化は子音のあとに“h”がつくことによって起こる。

bh “voice”（声）の“v”に同じ
ch “loch”（湖）（“lock”とは発音しない！）あるいは“Bach”（バッハ）の気息音に同じ
dh 広母音の前では“gap”（隙間）の“g”と発音する
dh 狭母音の前では“year”（年）の“y”と発音する
fh 無音化
gh 狭母音の前では“yet”（いまだ）の“y”と発音する場合もある
mh “wall”（壁）の“w”と発音する
ph “fall”（落ちる）の“f”と発音する
th “ham”（ハム）の“h”と発音する
sh 同じく“ham”（ハム）の“h”と発音する

子音の前に別の子音がつくと、暗音化によって発音が変化したり、あるいは無音化が起こったりする場合もある。たとえばna mBan（女性の）はnah m'on（ナー・モン）、i bpaipéar（紙上に）はi b'ap'er（イ・バペア）、i gcathair（街の中に）はi g'a'har（イ・ガハー）となる。

p は b, t によって暗音化する
t は d によって暗音化する
c は g によって暗音化する

f は bh によって暗音化する
b は m によって暗音化する
d と g は n によって暗音化する

アイルランド語に興味を持ってくださり、さらに学びたいと思っていただけるのならば、ぜひとも知っておいてほしいのだが、アイルランド語は、植民地時代に何世紀にもわたり弾圧を受けつづけた末、一九二二年のアイルランド国独立のさいにようやく第一公用語となった。一九九一年の国勢調査資料によれば、アイルランド語話者は人口の三分の一まで戻ったという。一九二二年のアイルランド分割以降、アイルランド語が公のもとに縮小されつづけてきた北アイルランドでは、話者の計上が分割以降初めて認められた一九九一年の時点で、アイルランド語話者は人口のわずか一〇・五パーセントにとどまっている。

現在（本書の本国での刊行は二〇〇一年）、リンガフォンからＲＴÉ（アイルランド放送協会）とＢＢＣ（英国放送協会）に至るまでのさまざまな媒体が、ビデオやカセットテープなどによる語学講座を展開している。六十近くの夏期講習や特別集中講義もひらかれている。ゲール語放送テレビ（Teilifís na Gaeilge）はすべての放送をアイルランド語でおこなう放送局であり、またアイルランド語のラジオ局や新聞もある。ゲール語全国協議会（Comhdháil Náisiúnta na Gaeilge, 46 Sráid Chill Dara, Baile Átha Cliath 2, Éire）においても情報が提供されている。

さらに、《修道女フィデルマ・シリーズ》の『消えた修道士』が、メアリー・マッカーシーの朗読により、マグナ・ストーリー・サウンドからカセットテープで入手可能であることも、加えて読者のみなさまにお知らせしておきたい（二〇二四年現在は入手困難。Audibleにて別ヴァージョンが入手可能）。

ゴシック文字はアイルランド（ゲール）語を、行間の（　）内の数字は巻末訳註番号を示す。

聖書の引用は、原則として『舊新約聖書・文語譯』（日本聖書協会）に拠る。

風に散る煙　上

ねがはくは神おきたまへ
その仇《あた》はことごとくちり
神をにくむものは前《みまへ》よりにげさらんことを
烟《けぶり》のおひやらるるごとくかれらを駆逐《おひやり》たまへ
『詩篇』第六十八篇一～二節

第一章

　娘は、片方の腕を軽く伸ばして腕枕にし、もう片方の腕を身体の脇に無造作に置いて、羊歯《しだ》に埋もれて休んでいるだけに見えた。色白で可愛らしい顔は穏やかだった。両の瞼《まぶた》は閉じられ、濃い睫毛《まつげ》が落ちている。唇はわずかにひらかれ、整った白い歯が覗いていた。黒々とした髪が、生気のない青白い肌の質感をさらに際立たせている。

　口の端から垂れた、まだ乾いていないひと筋の血と、顔の皮膚が完全に血の気を失い、赤みが失せて青い色がまだらに浮かんでいるのを見れば、この娘がただ休んでいるだけではないのはわかった。さらに、着衣は乱れ、汚れていて、なにかが妙であることは明らかだった。

　若者は立ちつくし、無表情でそれを見おろしていた。痩せて筋張った身体つきに、髪は赤毛で顔は雀斑《そばかす》だらけだが、肌は褐色に日灼けしており、彼があらゆる天候にさんざん晒《さら》されてきたことを示していた。どこか不釣り合いな、ぽってりと厚い赤すぎる唇のせいで、顔は少々不器量に見えた。彼は色の薄い瞳で、じっと娘を見つめていた。羊の毛皮でできた袖なしの上着をまとい、革のベルトを腰に巻いている。分厚くて粗い生地のズボンと革の脛当《すね》てといういでたちからすると、どうやら羊飼いのようだ。

ひらいた唇から、かすかな口笛のような、深く長いため息が漏れた。

「ああ、マイル、どうして？　なぜなんだ、マイル？」

耳障りなすすり泣きのような声とは裏腹に、表情は凍りついたままだ。

彼が目を釘づけにしたままその場にしばし立ちつくしていると、叫び声が響いた。彼は慌てて顔をあげ、軽く首を傾げて耳を澄ました。たちまちその表情が一変した。そのおもざしに焦りと怯えが浮かんだ。彼のほうへ向かってくる者たちがいた。周囲の木々の奥から怒鳴り声がすこしずつ近づいてくるのを、彼の耳ははっきりととらえていた。羊歯の茂みを払いながら、複数の人間がこちらへやってくる気配がする。

若者は娘の死体を今一度ちらりと見やると、近づいてくる物音にくるりと背を向けた。だが数メートルも進まぬうちに、彼は肩甲骨《けんこうこつ》の間を殴られて、地面に倒れこんだ。殴られた勢いで、前のめりに転んでしまったのだ。彼は両手両膝をついて苦しげに喘いだ。

太い木の棍棒《こんぼう》を手にした体格のよい男が、木の陰から姿をあらわした。黒髪の、ずんぐりとした体型をした髭面の男だった。男は今にも殴りかからんばかりに、片手に棍棒を握りしめたまま、仁王立ちで若者を見おろした。

「立て、イドウァル」男は低く唸った。「それともそのまま殴られたいか」

若者は顔をあげた。先ほどの殴打《おうだ》がまだこたえているようすだ。「おいらをどうしようってんです、グウンダ様？」彼は涙声でいった。「おいらはなんにも」

黒髪の男は腹立たしげに眉をひそめた。「しらを切るつもりか、小僧！」

男は、もと来た小径《こみち》の奥にある娘の死体を指し示した。同時に、複数の男たちが木々の間から突如あらわれ、彼らのいる小径の奥に立ち塞がった。中には、娘の死体を目にして凄まじい怒りの叫びをあげる者もいた。

「ここだ！」若者に視線を据え、棍棒を構えたまま、黒髪の男が怒鳴った。「こっちだ！　わたしが捕らえた。人殺しを捕らえたぞ」

続いてやってきた者たちは、怒りも新たに荒々しい声をあげながら、膝をついて倒れこんでいる若者のそばへ駆け寄ってきた。彼らの表情に、若者はおのれの死を悟り、泣きじゃくりだした。

「ほんとです、聖母マリア様に誓って、おいらじゃ――」

前方にいた男たちのひとりが、その側頭部に鋭い蹴りを入れた。若者は大の字に伸びてしまい、さらに、新たにやってきた者たちの幾人かが、寄ってたかって彼の身体を蹴りつけたため、哀れにも、若者は気を失った。

「そのくらいにしておけ！」グウンダと呼ばれた黒髪の男が声を張りあげた。「悲しみと怒りに胸も張り裂けんばかりなのは重々承知の上だが、これは法のもとに裁かねばならぬ事件だ。こやつは町へ連行し、バーヌウル（判事）を呼ぶこととする」

「判事など呼ぶ必要があるかね、グウンダ？」男たちのひとりが声をあげた。「儂《わし》らがこの目で見た、こいつがなによりの証拠じゃあないかね？　ついさっき、イドウァルと哀れなマイルが大声でいい争ってるのを見かけた、と儂もいっただろうが？　イドウァルは今にも襲いかかろうとしてたんだ」

　黒髭の男はかぶりを振った。「これは法のもとに裁かねばならぬのだ、イェスティン。聖デウィ修道院よりバーヌウル、すなわち〝博識なる判事〟を呼んでこなければ」


　若いその修道士は、足取りも確かだった。彼は森の中の小径を、いかにも若者らしくきびきびと大股に歩いていた。早朝の冷たい空気の中、冬用のマントをきつく身体に巻き、ブラックソーン[1]の太い杖を手にしていたが、それは歩行を補助するためというよりも、むしろとっさに身を護るための武器としての意味合いが強かった。〝ドゥルイドの泉〟の名を持つ〈ファノン・ドゥルイディオンの森〉は、暗がりに追い剝ぎが身をひそめていることでも有名だったからだ。

　ブラザー・カンガーはさほど不安は感じていなかったが、自信に満ちた足取りで進みなが

ら も、用心だけは怠らなかった。だがこんな明るい秋の日の、空が白みはじめたばかりの時刻では、自信たっぷりの追い剝ぎたちも、昨夜《ゆうべ》しこたま喰らった酒のせいでまだ夢の中にいるにちがいない。このような時間に、獲物を探してうろついている追い剝ぎなどいるはずがあろうか？　森にしばしば出没するという、かの悪名高いクラドッグ・カカネンですら姿をあらわさないだろう。〝雀蜂《すずめばち》のクラドッグ（クラドッグ・カカネン）〟という異名は、この男が予想だにしないところから鋭い攻撃を与えてくることからきていた。彼は札つきの無法者だった。昨夜のブラザー・カンガーが、古い石柱の傍《かたわ》らにある木樵《きこり》小屋に泊まり、わざわざこの時刻を選んで森を抜けようと考えたのは、ひとえにクラドッグ・カカネンに出くわすのを恐れたからだった。

森林には白い絨毯《じゅうたん》のごとく一面に霜がおりていた。白い薄雲の奥に、弱々しい冬の太陽が懸命に日射しを伸ばそうとしている。このあたりにはなんらかの冷たい呪文がかかっているとみえ、季節がそれほど深まっているわけではないのに、木の葉は早々に散っていた。ところどころに見える緑は、柊《ひいらぎ》などの常緑樹の茂みで、雌株が鮮やかな赤い実をつけている。ついこの間まで咲いていた尾状の花が熟し、木の幹と同じ褐色の実をつけた榛《はん》の木や、白樺もところどころに生えていた。だがそれらすべてに覆い被さるように、すっかり葉の落ちた背の高いオークの木々が、黒々と枝を伸ばして聳《そび》え立っていた。

ブラザー・カンガーが歩みを進めていると、ときおり、道沿いにある 梣《とねりこ》 の倒木に茶瘤茸《ちゃこぶたけ》が生えているのが目に入った。食用には向かない奇妙な黒い茸の一種で、なんでも、寝る前に寝台に置いておくと夜中にこむら返りが起こらないのだそうだ。若いカンガーは、そのような考えはくだらないとばかりに冷ややかな笑みを浮かべた。

森は目覚めてさざめきはじめていた。茶色のちいさな尖鼠《とがりねずみ》が、茂みの間から滑るように彼の目の前に飛び出してきたかと思うと、ふいに止まって匂いを嗅ぐように鼻をうごめかせた。目はあまりよく見えていないが、そのかわりに鋭い嗅覚を持っているという。尖鼠はすぐさま彼の匂いを嗅ぎつけ、甲高い鳴き声をひとつあげると、瞬《また》く間に姿を隠してしまった。

そのとき、赤鳶《あかとび》が上空を旋回しながら、悔しげな鳴き声を響きわたらせた。葉の落ちた枝のつくる天蓋《てんがい》越しではあったが、どうやら先ほどのちいさなすばしこい獲物を狙っていたようで、ブラザー・カンガーさえあらわれなければ、うまく朝食にありついていたにちがいなかった。

一度、近くで葉ずれの音がしたため、ブラザー・カンガーはびくりと身を縮め、身を護るべく杖を振りかざした。だがすぐに肩の力を抜いた。白い斑点のある橙色の毛皮と、幅の広い平べったい角《つの》が見え、ダマ鹿《じか》が一頭ぽつんといるだけだとわかったからだ。鹿はくるりと向きを変え、安全な藪の中へ跳び去っていった。

小径を進んでいくと、ようやく木々がまばらになり、ブラザー・カンガーの視線の先に、羊歯の茂みがあちらこちらにある、ひらけた斜面があらわれた。森の深く生い茂るあたりからはほぼ抜けたと感じ、彼はほっと胸を撫でおろした。そこで足を止め、杖を置いて、ナイフを出した。道端にある柑橘《かんきつ》の木には実がたわわに実っている。彼は屈みこみ、そこに生えている茸の白くて柔らかそうな裏面を丹念に調べた。この食用の茸は見わけるのが容易で、生で食べたり蜂蜜酒《ミード》に漬けて食べるのが一般的だ。このまま通り過ぎるには惜しいので、ブラザー・カンガーはこのささやかな収穫を、ベルトにさげたマルスピウム〔携帯用の小型鞄〕に収めた。

立ちあがり、杖をふたたび手に取る。目的地はもう目の前だった。彼は気を取り直し、ふたたび歩きはじめた。

もうひとつ山を越えれば、その先の斜面にはスァンパデルン修道院がある。この〝福《ブレッ》者《シド》(2)パデルン〟の修道院には三十名近くの修道士が暮らし、務めに勤《いそ》しんでいる。ブラザー・カンガーの目的地はこの修道院だった。この修道院で宿泊の恩恵にあずかり、朝食のもてなしを受けてから、モニウ、すなわちラテン語でいうメネヴィアにある、かの名高い聖デウィ修道院への旅を続けるつもりだった。聖デウィ修道院は、ダヴェド王国にあるすべての修道院の権威の頂点に立つ大修道院であった。ブラザー・カンガーはみずからが属する修道院の院長から直々《じきじき》に、トラフィン修道院長へのことづてを託されていた。昨日の正午過ぎに出発し、木樵小屋で一夜を過ごしたのち、約二十キロメートルの旅程の締めくくりに、かの悪名高き〈ファノン・ドゥルイディオンの森〉に果敢《かかん》にも足を踏み入れたのだ。あまりにも早い時間に木樵小屋を出たので朝食にはありつけていなかったが、モニウめざして旅をする巡礼者たちの間でも、スァンパデルン修道院のもてなしはなかなかの評判だったので、ならば多少の我慢はしようと思えた。

ブラザー・カンガーはゆったりと歩みを進めた。太陽は雲から完全に顔を出してはいないものの、日射しは充分に温かく、早朝におりた霜は溶けて消えていた。空には鳥たちが飛び交い、輪を描いたり素早く空《くう》を切ったりしながら餌集めに精を出しており、あたりはやかましいほどの鳴き声であふれていた。さまざまな種類の鳥たちがそれぞれに、もの悲しい鳴き声や怒ったような鳴き声、不平を振りまいているような鳴き声をあげている。

やがて、カルン・ゲッスィ(3)と呼ばれる、岩肌が剝き出しになった山の頂《いただき》近くまでやってきた。頂には石をいくつも積みあげた古い墓があり、それがこの場所の名の由来でもあった。ブラザー・カンガーは立ち止まり、見晴らしのよい場所から眼下の渓谷を見おろした。さほど遠くないあたりに、灰色の石造りの建物が寄り集まって建っている。中央の建物の煙突から煙が立ちのぼっているのを見て、ふと安堵をおぼえた。彼は小径をくだっていった。一歩ごとに足取りが速くなったのは、門まで早くたどり着きたかったというよりは、急なくだり坂で単に勢いが増したせいだった。

修道院の正門に続く小径をくだるうち、門が開け放たれたままであり、しかもそこには誰もいないことに気づき、彼は思わず驚いて眉根を寄せた。確かに朝早い時間帯だが、どうも妙だ。まさに今日のような肌寒い秋の日には、スァンパデルンの修道士たちは周囲の畑に出て、夜明けとともに働きはじめるのを常としている。門や畑のあたりには、たいてい誰かしらがいて忙しく立ち働いているはずだった。

門前でふと不安をおぼえ、彼は歩みを止めた。出迎えにすら誰ひとり出てこない。一瞬ためらったのち、彼は木製の門柱に近づき、ぶらさげてある青銅製の鐘を鳴らした。鐘の音が不気味に響きわたる中、それに応える動きはいっさいなかった。鐘の音がしだいにやみ、あとにはただ沈黙が続いた。門の奥には、人の気配がまるでなかった。

ブラザー・カンガーはしばらく待ってから、もう一度、今度は音がはっきりと長く響くように意識しながら鐘を叩いた。だがやはり返答はなかった。

彼は無人の中庭にゆっくりと足を踏み入れ、周囲を見わたした。

あたりは墓地のごとく静まり返っていた。

中庭の真ん中に、大きな篝火《かがりび》でも焚くつもりだったのか、枯れ枝や薪を三角形にうずたかく組みあげた巨大な山があった。乾いた木を重ねてこしらえた山の高さは、優に四メートルはあった。若き修道士は顎をさすって考えこみながら、じっくりとそれを観察した。

寒気がして、その冷たい指が背筋をなぞっていったが、彼は必死にこらえた。四角形の中庭を大股に横切り、礼拝堂の入り口へ向かうと、彼は勢いよく扉をひらいた。まばゆい朝日が射しているにもかかわらず、礼拝堂は暗い陰に包まれていた。祭壇の蠟燭《ろうそく》すらともっていなかった。闇の中で見わけられるものはなにひとつなかった。

ブラザー・カンガーは何度もこの修道院を訪れたことがあり、建物のつくりは承知していたので、ちいさな扉を抜け、修道士たちの住まいがあるはずの方角へ向かった。彼らは広い共同寝室でともに寝起きしていたが、今、目の前にあるのがその部屋だった。すべての寝台がきちんと整えられており、いずれも眠ったらしき形跡はなかった。寝台の主たちがかなり早起きをして寝台を整えたか、あるいは昨夜から誰ひとり一睡もしていないかのどちらかだ。ずらりと並んだ空《から》の寝台の間を歩くうち、唇が乾いてきて、胸騒ぎがしはじめた。なぜかそうせねばならない気がして、ブラザー・カンガーは、革サンダルが石敷きの床で音をたてぬよう忍び足で歩いていった。

共同寝室の奥には、修道士たちが揃って食事をとるための食堂があった。

そうだろうとは思っていたが、食堂はやはりもぬけの殻だった。誰の姿もないことは予想していたが、そのようすは思いも寄らぬものだった。点々とともった蠟燭の炎が揺らめき、煙が立ちのぼっている。ブラザー・カンガーの目に映ったのは驚くべき光景だった。各自の席に並べられた皿の上には、食べかけの食事が残されていたのだ。まるで食事の途中で席を立ったかのように、皿の横にはナイフやスプーンが置かれたままだった。水や葡萄酒《ぶどうしゅ》の入った水差しや広口のコップもしかるべき場所に置かれている。

ふいに物音がして、彼はびくりと身を縮ませ、思わず取り落としたブラックソーンの杖が、床に当たって高らかに音をたてた。一メートルほど離れた食卓の上から、熊鼠《くまねずみ》が一匹、皿の上の残飯をくわえてそのまま跳び去っていった。ブラザー・カンガーは震える唇を必死に固く結び、屈んで杖を拾いあげた。

なぜ食事を途中でほうり出すようなことになったのか、その理由とおぼしき混乱の跡はいっさい見当たらなかった。ひとり用の腰掛けも数人用の長椅子も、座っていた者が立ちあがったとみえ後方へ引かれてはいたが、異変や異状を示すものはなにひとつなかった。彼は食卓の間を歩きまわり、目の前にある信じがたい光景を説明してくれるものがなにかないかと血眼で探した。

細くて弱々しい蠟燭の火は、彼が到着するかなり前から長時間にわたりともったままだったのだろうと思われた。木製の食卓の上に、蠟の垂れている場所がいくつかあったからだ。おそらくこれは夕食だろう。そしてどこかの瞬間で、修道士たちは食事の途中で一斉に席を立ち、すべてを整然と残したまま……忽然《こつぜん》と消えてしまったのだ！　ブラザー・カンガーは激しく息をついた。今度ばかりは身体の震えを抑えられなかった。

やがて彼は腹をくくると、踵《きびす》を返して建物内のほかの部分をひとつひとつ調べてまわりはじめた。修道院長の居室はきちんと片づいており、寝台にも眠ったようすはなく、そしてここでもやはり、部屋の主が忽然と姿を消した原因を示すような形跡はいっさい見当たらなかった。ちいさな図書室《スクリプトリウム》にも異状はなく、本は棚に整然と並んでいた。ブラザー・カンガーは屋外にある四角形の中庭を横切り、いくつかある貯蔵室を覗いてみたが、おかしなところはひとつもなく、さらに家畜用の囲いにも行ってみたものの、そちらも特に荒らされてはいなかった。

静まり返った中庭を、礼拝堂に向かって戻りかけたところで、彼は、そのことが示す意味にはたと気づいた。囲いの内側には一匹も家畜がいなかった。鶏や豚や牛や羊はおろか、この修道院で飼われていたはずの二頭の騾馬《らば》の姿も見えない。修道士たちもろとも、家畜までもが消え失せていた。

ブラザー・カンガーは、自分が論理的な考えかたをする若者だと自負していたし、農家の息子として生まれ育ったので、誰もいない場所にひとりでいることもさほど怖くはなかった。すぐに取り乱すような質《たち》でもなかった。恐怖に身を委ねる前に、起こり得るあらゆる事実や説明を検証し、考慮する必要があった。彼はおそるおそる正門に向かって歩いていくと、地面に目を凝らし、家畜たちが一斉に修道院を脱走したらしき跡がないものかと探した。とりわけ牛や騾馬であれば、屋外の地面に足跡を残しているはずだ。

地面には、人や動物が通ったような、不必要に踏み荒らされたようすはなかった。深く刻まれた荷車の轍《わだち》がいくつかあるのに気づいたが、それも特に珍しいことではなかった。この修道院では、多くの地元の農夫たちと定期的に取り引きをしていたからだ。それぞれ北と西へ向かう道はいずれも石だらけで、轍の跡はそのあたりで消えていた。修道士たちの履く底の平たい革サンダルの足跡はいくつか残っていたが、それ以外にこれといった形跡はなにも見当たらなかった。さんざん考えてみても、やはり修道士たちが一斉に、まるでひと筋の煙が風に散らされるがごとくに忽然と消え失せてしまったのだ、という結論にたどり着くよりほかなかった。

ここで、ブラザー・カンガーはたまらず膝を折り、あらゆる禍《わざわい》を遠ざけんと祈りの言葉をひたすら唱えた。自然の摂理《せつり》で説明がつかぬのであれば、もはや超自然的存在の仕業《しわざ》にちがいない。目の前にひろがる、この荒涼たる光景を説明できるものはもうほかになかった。少なくとも、彼にはそれ以外なにも思いつかなかった。

スァンパデルン修道院の院長であるクリドロ神父とそのもとに仕える修道士たちは、食事の真っ最中に席を立ち、蠟燭をともしっぱなしにしたまま、家畜を全部集めて……それからなにを？　ただ単に姿を消したというのだろうか？

生真面目な若者であるブラザー・カンガーはわざわざ食堂へ戻り、蠟燭の火をすべて消してから正門へ戻った。彼は最後に周囲を見わたすと、外に出て門扉を勢いよく閉めた。門の外で立ち止まり、このあとどうすべきかと途方に暮れた。

数キロメートル北へ行けばスァヌウンダの町があることは知っていた。ペン・カエルの領主、グウンダは切れ者だとの評判だ。そちらの方角へ向かうべきかどうかブラザー・カンガーは迷った。だがそういえば、スァヌウンダには聖職者がいないと聞いている。スァンパデルンの修道士たちを神隠しに遭わせたこの世のものならぬ邪悪な力を相手に、グウンダとその民ごときになにができようか？

自分がするべきことはたったひとつしかない。彼は心を決めた。

大急ぎで聖デウィ修道院へ向かおう。トラフィン修道院長にすべてお任せすればよい。世にも恐ろしいこのできごとを修道院長に知らせねば。この魔力と戦うだけの力を持ち合わせているのは、聖デウィにより設立された大修道院の修道士だけだろう。いつしか彼は、哀れなスァンパデルン修道院にいかなる邪悪な魔術が降りかかったのだろうか、と思い巡らせていた。彼は激しく身震いをすると、ひとけのない建物の前からそそくさと離れ、南側の山々をめざし、石だらけの道を足早に歩いていった。明るい秋の日がふいに薄暗く曇り、重く危険を帯びているように感じられた。だが……それはいったい、いかなる危険なのだろうか？

第二章

気を失った状態から目覚めるまでのほんの数秒間に、鮮やかな夢を見ることがある。エイダルフは暗い水の中で、呼吸ができずにもがいていた。溺死寸前で、手足をばたばたと振りまわし、上に向かって泳ごうとする。だが必死になればなるほど、おのれの非力を痛感させられるばかりだった。すべての希望を投げ出したまさにそのとき、はっと目が覚めた。あまりにも突然引き戻されたので、どちらが現実なのかわからず、彼は横たわったまま思わず身震いをし、額からは汗が噴き出した。やがて、すこしずつ——というふうに彼には思えた——夢を見ていたのだ、と気づきはじめた。声を出そうとしてみたが、なにかしらきちんとした言葉を口にしようとしても、喉の奥から掠れた息が漏れるばかりだった。

誰かが彼の上に屈みこんでいた。

目を凝らしてみたが、ぼやけていてよく見えなかった。

声がした。意味はわからなかった。そこで今すこし視界を持ちあげてみようとした。すると力強い手が後頭部に当てられ、頭を軽く支えられた。唇に硬い容器の縁《ふち》があてがわれ、冷たい液体が唇を濡らし、歯の上に滴った。彼は夢中で飲んだ。あっという間に硬い容器の縁は唇から離れていき、先ほどの手が彼の頭を枕に戻した。

横たえられてすぐさま、彼は目を開け、素早くまばたきをした。揺らめいたように見えた人影が、やがてはっきりと輪郭《りんかく》をなした。

小柄でずんぐりとした体型の、修道士の法衣をまとった男だった。

なにがあり、自分は今どこにいるのかと、エイダルフは頭を捻った。だが考えがまるでまとまらなかった。

声の主がまたなにごとかいった。やはり意味はわからなかったが、二度めにして、言葉の響きから相手がブリトン人の言語を話していることに気づいた。エイダルフは唇を湿らせ、拙いながらも懸命にその言語で文章を紡いでみた。

「ここはどこです?」ようやく声が出た。彼は、自分自身の舌がその言葉を発するのを確かめながら、そう口にした。

丸顔の修道士は、どこか不愉快そうに唇をひらいた。

「〝サクソン人《サクソネグ》かね?〟」そういうと、男は早口でなにやら長々とまくし立てはじめたが、エイダルフの耳にはただの音としか聞こえなかった。

まだ頭がずきずきと痛むので、懸命に気持ちを集中させ、ブリトン人の言語で言葉を紡ごうとした。だがなにも出てこず、結局ラテン語に頼ることにした。こちらのほうがいくらかまともに話せるからだ。もう何年も、ブリトン人の言語は口にしていなかった。

相手の修道士はラテン語を耳にして安堵したようだった。彼が笑みを浮かべ、丸顔に皺《しわ》が寄った。

「ここはポルス・クライスだ、サクソンの修道士殿」

男は手を伸ばし、水の入った広口のコップをふたたび差し出した。エイダルフは自力で頭を持ちあげ、夢中で唇を潤《うるお》した。もう一度枕に頭を横たえると、すこしずつ記憶がよみがえってきた。

「ポルス・クライス？　私はロッホ・ガーマンから船に乗ったはずですが。ポルス・クライスとはどこなのです、いったいなにが……？　フィデルマは？　私の連れのシスター・フィデルマはどこです？　まさか船が難破したのですか？　なんてことだ！　いったいなにが……？」

記憶があふれ出し、彼は必死に起きあがろうとした。ずんぐりとした修道士は片方の掌《てのひら》をエイダルフの胸に添え、それを制した。エイダルフはそっと、だが力強く寝台に押し戻された。片手で力強く押しとどめられただけだったが、その力に抗《あらが》えなかったので、彼は自分がいかに弱っているかを痛感した。

「無理はいかん、サクソンの修道士殿」男は穏やかな声で答えた。「難破したのではない。船は無事だ。先ほども申しあげたとおり、ここはダヴェド王国のポルス・クライスだ。あなたはずいぶん具合が悪かったのだよ」

頭がまだ疼《うず》くので、エイダルフはそっと片手を近づけてみた。すると驚いたことに、こめかみに瘤《こぶ》ができており、触ると痛みが走った。

「よくわかりせん。いったいなにがあったのです？」

「最後に憶えていることはなんだね、サクソンの修道士殿？」

彼は頭の中を浚《さら》い、ちりぢりに泳ぎまわっている記憶を必死にかき集めた。

「船に乗っていました。ケント沿岸をめざしてロッホ・ガーマンを出港し、まだ一日も経っていませんでした……ああ、そうだ。突風が吹いたのです」

瞬《また》く間に記憶がよみがえった。ロッホ・ガーマンを出港してようやく半日が過ぎたあたりだった。アイルランド五王国の南東部にあるラーハンの沿岸がとうに水平線の向こうに見えなくなった頃、南東から吹きつける猛烈な風に見舞われ、巨大な波が幾度となく船に叩きつけた。船は容赦なく揺さぶられ、波に弄《もてあそ》ばれた。あまりにも突然の凄まじい時化《しけ》で、船の帆は、船長や乗組員が引きおろそうとする間もなく、強風に煽《あお》られてずたずたに裂けてしまった。そういえば、なにか手助けがいるだろうかと、フィデルマを残して甲板に出たのだった。

船長は彼の申し出をにべもなく断った。

「水を汲み出そうにも、陸者《おかもの》なんざ穴の開いたバケツほども役に立たん」彼はとげとげしい口調で怒鳴った。「甲板下でおとなしくしてろ！」

そういわれて、むっとして踵《きびす》を返し、水浸しになった揺れる甲板を横切って、甲板下の船室へ続く階段に向かった。階段をおりかけたとき、船が巨大な波に持ちあげられたかと思うと、続いて叩きつけられるように急降下した。足もとがよろけ、彼は前方へ転がり落ちて空中に投げ出され……それを最後に、つい先ほど目覚めるまでの記憶はまったくなかった。

エイダルフが思いだしたことを口にすると、ずんぐりとした修道士は満足げに笑みを浮かべた。

「名はなんというのかね？」彼が訊ねた。

「〝サックスムンド・ハムのエイダルフ〟と申します、〝カンタベリーのテオドーレ〟(1)の特使を務めています」エイダルフは即座に答え、苛立たしげに詰め寄った。「それよりも、私の連れのシスター・フィデルマはどこです？　船はどうなったのですか？　私はどうやってここに？　ここはどこだとおっしゃいましたか？」

丸顔の修道士はにんまりと笑って片手をあげ、矢継ぎ早に発せられた質問を制した。「どうやら頭を打ったせいで、少々頭がはたらかなくなっているか、あるいは忍耐力を失っているのではないかね、サクソンの修道士殿」

「私の忍耐力は一秒ごとにすり減っていますとも」エイダルフはぴしゃりといい返し、こめかみがずきずきと痛むのにも構わず、寝台に起きあがろうとした。「私の質問に答えてください、でないとこれ以上我慢できませんよ」

ずんぐりとした男はわざと悲しげにかぶりを振ると、不満そうに舌打ちをした。「〝ウィンキト・クィー・パティトゥール（耐える者が勝利する）〟という諺《ことわざ》を聞いたことがないのかね、サクソンの修道士殿？」

「私の信条とは合いませんね。忍耐が結果をもたらしてくれたことはあまりないものですから。なにもしないことに対するいいわけにしかならないことすらあります。さあ、どうかもうすこし詳しく説明してください」

修道士は上目遣いに天井を見やると、降参とばかりに両手をひろげた。「よかろう。私はブラザー・フロドリ、ここは先ほども説明したとおり、ダヴェド王国のポルス・クライスだ」

「ブリテン島西岸の？」

ブラザー・フロドリはそうだ、と身振りで示した。「ここは真のブリトン人の地、カムリ（ウェールズを指す）だ。あなたがたの船は昨日の午後遅く、時化から逃れるためにこの地に寄港した。ちいさな港だが、ここはアイルランドからの船にとって、最初に見る陸地となることが多いのだ。思いだしたかね、あなたは時化の最中に頭を打って気絶し、ずっと意識を失ったままだった。そこで船がこの地に停泊したさい、あなたは船からおろされて、私の管理しているこの宿泊所に運ばれた。ほぼまる一日眠っていたのだよ」

エイダルフはふたたび枕に頭を預け、息を呑んだ。「まる一日眠っていた、ですって？」彼はおうむ返しにいった。

ブラザー・フロドリは深刻な表情を浮かべた。「どうなることかと思ったが、〝デオ・ユウアンテ（神のご加護により）〟、回復したようでなによりだ」

エイダルフはふいに起きあがり、そのせいで眩暈《めまい》をおぼえた。質問のひとつにまだ答えてもらっていなかった。

「私の連れのシスター・フィデルマは……彼女はどうなりました？」

ブラザー・フロドリは口もとを歪めた。「あなたのことをたいへん心配していた、サクソンの修道士殿。彼女と私でずっとあなたを介抱していたのだが、先ほど、彼女はここの本部である修道院から呼び出されて、トラフィン修道院長のもとへ面会に向かった」

「トラフィン修道院長？　本部？」

「ここはラテン語でいうメネヴィア、すなわち聖デウィ修道院のある半島なのだ」

聖デウィ大修道院のことならエイダルフも聞いたことがあった。今やブリテン島をアングロサクソン人たちと分け合いつつ、島の西側に暮らすブリトン人たちは、この修道院を、北のデアラ小王国にある〈聖なる島〉アイオナ(2)にも匹敵する重要な場所とみなしていた。この修道院に二度巡礼すればローマに一度巡礼したと換算され、たとえ一回のみの巡礼でも〈免償〉を受けられるばかりか――この〈免償〉自体は、犯した罪に対する罰が一時的に赦《ゆる》されることをいうが――何年間もの長期にわたりそれを享受することができるとされていた。エイダルフは、自分がローマ・カトリック教会側の視点からものごとを考えていることに気づいた。ローマ・カトリック教会式の考えかたでいうと、〈免償〉とは、キリストと聖人たちによって積み重ねられてきた教会の〈功績の宝庫〉から〈聖なる父〉によって与えられるものだ。しかしアイルランドおよびブリトンのケルト・カトリック教会には〈免償〉のようなものもなければ、修練で身につけたものによって責任を逃れることができるなどという考えかたもいっさいないことはエイダルフも充分に承知していた。

とりとめのない考えごとから、彼はふいに現実に引き戻された。

「呼び出された？　シスター・フィデルマが？　では、ここは聖デウィから近いのですか？」彼は訊ねた。

「近い？　歩いて行ける距離だとも。二キロメートルと離れていない。修道女殿は夕方には戻られるだろう」

「そしてここは、メネヴィアとも呼ばれている、ダヴェドの半島だとおっしゃいましたね？」

「われわれの言葉では〝モニウ〟だが」ブラザー・フロドリは認めた。

「なぜフィデルマ……シスター・フィデルマはそこへ呼び出されたのです？」

ブラザー・フロドリは意味ありげに両肩を持ちあげ、すとんとさげた。「それは、わたしにはわかりかねることだ、サクソンの修道士殿。それよりも、だいぶ具合もよくなったようだから、薬草茶か、ブロス（肉・魚・野菜などを煮出したスープ）でもすこし召しあがるかね？」

そういえば腹が減っていた。「もっとしっかりしたものでも大丈夫です」彼はあえていってみた。

　ブラザー・フロドリは満足げに歯を見せて笑った。「ああ、回復しているなによりの証拠だ、わが友よ。だが、まだブロス程度にしておいたほうがよかろう。それにまだあまり動かぬほうがよい。しばらく横になって休んでいたまえ」

　数時間経つと、エイダルフもだいぶ本調子に戻ってきた気がした。肉のブロスをすこしずつ胃に入れ、またブラザー・フロドリが額に貼ってくれた湿布薬のおかげで頭痛も治まりつつあった。どうやらブラザー・フロドリは経験豊かな薬師《くすし》とみえ、トゥアム・ブラッカーン[3]の医学学問所で学んだエイダルフには、彼の用いた湿布薬が、頭痛の緩和に優れた効能のあるジギタリスの葉でできていることがわかった。彼はしだいにうとうととしはじめ、やがて自然と眠りに落ちた。

　フィデルマの声で目が覚め、彼女が部屋に入ってきて思考も目覚めた。エイダルフが寝台の上で身体を起こすと、不安げだった彼女の顔がすこしだけ明るくなった。彼女はすぐさまエイダルフのほうへやってくると両手を差し伸べ、寝台の端に腰をおろした。

「気分はどうです？　大丈夫ですか？」フィデルマは彼のようすに素早く目を配りながら、心配そうに訊ねた。「頭のてっぺんの瘤は、腫《は》れが引いてきましたね」

　エイダルフは皮肉っぽい笑みを返してみせた。「頭を打ってまる一日気絶していたらきっとこんな気分だろう、という気分ですよ」

フィデルマはほっとしたようにため息を漏らしたが、彼の両手を握りしめたまま離さず、傷をじっくりと観察していた。傷を心ゆくまで眺め終わると、彼女は明らかに安堵したようすで、そのおもざしに笑みがかすめた。

「心配していましたけれど、腫れも引いたようですし」彼女は短くそういった。そこでブラザー・フロドリが戸口にあらわれたことに気づき、エイダルフの両手を離すと背筋を伸ばした。「今どこにいて、なにが起こったのか、ブラザー・フロドリから聞きましたか?」

「船が時化に遭い、ポルス・クライスに寄港したと聞いています」

「ダヴェド沿岸の港です」フィデルマも認めた。「ほんとうにひどい時化でした。私は、港に着きしだい、なんとしてもあなたを船からこの宿泊所へ運んでほしい、と頼みこんだのです。あなたが転んだときにどれほどの怪我を負ったのか、まるでわからなかったものですから」

「介抱してくれた人のおかげですよ」エイダルフは微笑んだ。「あなたさえよければ、すぐにでも船に戻って旅を続けられます」

驚いたことに、フィデルマが首を横に振った。「私たちの船は、今朝すでに出航してしまいました。船長は時化が通り過ぎしだい船を出したいと躍起になっていましたし、裂けた帆もすでに張り替えられていましたから」

「なんですって?」エイダルフはぎごちなく起きあがり、寝台の上で上体を起こした。「私たちを置き去りにして？　ケント王国までのふたりぶんの船賃は支払ったはずです。彼は私たちを乗せぬまま去ってしまったということですか？」

フィデルマは咎《とが》めるように唇を尖らせた。彼女の目が、素早くブラザー・フロドリをうかがった。このとき、ふたりは彼女の国の言葉で会話していたのだが、エイダルフは母語と同じくらいアイルランド語が話せたし、なんとなればラテン語よりも流暢《りゅうちょう》かもしれなかった。先ほどのフィデルマのまなざしは、警戒の意味を含んでいたのだろうか？

「別に置き去りにされたわけではありませんよ、エイダルフ。ダヴェド王国は、他地域や他王国との交通の便のよいところです。それに、船長には船賃の一部を払い戻していただきました」

エイダルフは彼女の視線を追い、ブラザー・フロドリを見やった。ブラザー・フロドリは彼らの言葉が多少はわかるとみえ、ふたりのやり取りを理解しているようだった。

「カンタベリーまではまだずいぶんと遠い、といいたかっただけです」エイダルフはいった。

「船長も、すこしくらいは待ってくれてもよいものを」

「〝森はおのれの落とした葉によって再生する〟のです」フィデルマは古い諺を引き合いに出し、元気づけるようにいった。

エイダルフはしぶしぶながら肩をすくめた。「さほど持ち合わせがあるわけではないので、これ以上無駄遣いはできません」彼は諭《さと》すようにいった。「新たに船を見つけて、カンタベリーへの旅費をさらに支払わねばなりませんし」

フィデルマは否、という仕草をした。「今は」強い口調でたしなめるようにいう。「とにかくあなたは身体を休ませて、体力を蓄えるのが先です、エイダルフ。〝かならず次の潮目は来る〟という諺がありますでしょう」彼女は立ちあがりかけた。

「もうすこしいてくれませんか」エイダルフが彼女を引き留《と》めた。「眠いわけではないので」

フィデルマは、ランプに火をともしているブラザー・フロドリをちらりと見やった。話している間に、いつしか夕闇が迫っていたようだ。

「そろそろ夕食の時間だが」彼はいった。「あなたのぶんもこちらにお持ちしましょうかね、修道女殿？」

「ありがとうございます、修道士殿。そうしていただけますか」

修道士は軽く微笑むとエイダルフを見やった。「そのようすなら、もうすこしブロスを持ってこよう。すこし待っていていてくれたまえ」

彼が姿を消すと、エイダルフはきまり悪そうな笑みを浮かべ、フィデルマを見た。「突然こんな災難に巻きこんでしまい、ほんとうに申しわけありません」

「災難？」彼女はひとことというと、首を横に振った。「知らない国をこの目で見るのは、いつだって心が躍りますわ。たとえ思いがけずそうなってしまったのだとしても」

エイダルフは浮かない表情だった。「ブリトン人の国は、あなたにとっては魅力的かもしれませんが、わたしにとってはそうではないので」

「どういうことです？」

「ブラザー・フロドリは神の教えに従って私たちを受け入れてくださっていますが、正直なところ、ブリトン人はサクソン人をあまり歓迎していないのです」

「ブリトン人には、なにかサクソン人を嫌う理由でもあるのですか？」

エイダルフは刺すような視線でフィデルマを見た。からかっているのか？　このあたりの島々の昨今の歴史については、彼女とて熟知しているはずだ。

「理由もなしに起こるものごとなどない、とはあなたもご存じでしょう、フィデルマ。歴史についても、あなたは私の知る誰よりも詳しいはずだ。かつて、ブリトン人はこの土地一帯に住んでいましたが、今から二世紀ほど前に、われわれサクソン人の祖先が東の海を越えてやってきて、この地を征服し、植民地としました——ジュート人やアングロサクソン人たちです。彼らはブリトン人をすこしずつ西へ、そして北へ追いやり、彼らの土地をわがものとしました。土地を追われた人々の気持ちはわからないでもありません。私たちは、キリスト教的価値感を受け入れたというだけで、戦《いくさ》の民であることには変わりないからです。私が思いますに、サクソン人は〈新しい信仰〉を表面的には受け入れていながらも、じつは今でもいにしえの戦神ウォドン(4)を畏《おそ》れているのではないでしょうか。今も彼らは、永遠の命を確実に手に入れるためには、剣を掲げウォドンの名を呼びながら死なねばならないと信じています。その道を通った者のみが、すべての不死なる者たちが住むという〈英雄の広間〉[5]に入ることができる、と」

熱を帯びた彼の口調に、フィデルマは戸惑いをおぼえた。「まるであなた自身もそう信じていらっしゃるかのようですわね、エイダルフ？」

エイダルフは苦々しげな表情を浮かべてフィデルマを見た。「私は若い時分に、アイルランドの宣教師の教えに従って〈新しい信仰〉に改宗したのです、フィデルマ。ローマに向かう前に、〈新しい信仰〉を学ぼうとあなたの祖国を訪れました。転向するまで、私がサックスムンド・ハムの世襲のゲレファ[6]だったことはあなたもご存じでしょう。育ってきた文化というのはなかなか忘れられないものです。ケント王国のイードバルド王がウォドン信仰に立ち返ったこともはっきりと記憶しています。東サクソン人が、そこにいたすべてのキリスト教宣教師たちを殺害したり、国外追放にしたりしたことを記憶している人々もいまだ健在です」

「確かにそのとおりですわ」フィデルマも同意した。「けれども、今ではサクソン諸王国の大部分がキリスト教の信仰に改宗し、それを遵守しています」

エイダルフはため息をつき、かぶりを振った。

「キリスト教の信仰を、しかたなしに耐え忍んでいる王国はまだまだ山ほどあるのです。たとえばマーシア[7]などはいまだに、完全なキリスト教国とはいいがたい。たとえキリスト教の信仰を受け入れていたとしても、われわれサクソン人とブリトン人との戦はずっと続いたままなのです。私たちは、みずからの国々を剣によってつくりあげたがために、結局は争いごとが常についてまわるのです。つまり、キリスト教徒であるブリトン人対キリスト教徒のサクソン人、ということです。サクソン人の王であったエセルフリス(8)が、ブリトン人の王カナンの息子シェリフ(9)を打破したことも記憶に新しいところです。この戦のあと、エセルフリスはバンゴールにあるブリトン人の大修道院から来ていた千人ものキリスト教修道士をみな殺しにして、みずからの勝利を世に知らしめました。かような虐殺をブリトン人たちが許していると思いますか、フィデルマ？ 私にはとてもそうは思えません。ブリトン人の王国にいるかぎり、私の心が安まることはけっしてないでしょう」

フィデルマはかすかな胸の痛みをおぼえつつ、彼の不安に思いを巡らせた。「同族が過ちを犯したからといって、それはあなたのせいでもなんでもありません、エイダルフ。祖先が起こしたできごとについて、見境もなくサクソン人というサクソン人に責任を問おうとするなんて、ブリトン人とはなんと狭量な者たちだろうか、とでも思っておけばよいのです。何世紀にもわたり、ローマ人に占領されている間でさえ、みずからの信仰を手放そうとしない人々です。あちらとて、正当な理由がないかぎり危害を加えてきたりはしないでしょう。それに、バンゴールの修道士大虐殺がおこなわれたのは北のグウィネズ王国でのことで、今私たちがいるのは南のダヴェド王国です。ダヴェドは、アイルランドとは深い繫《つな》がりがあります。現に、聖デウィ修道院のトラフィン修道院長殿が、明日、私たちを食事に招いてくださっています」

エイダルフは驚いて彼女を見た。「私もですか？」

フィデルマは渋い顔をした。「そうですね、招待を受けたのは私ひとりですけれど、あなたの体調がよろしければ、一緒に来て構わないとのことでした。修道院長殿はなにか心配ごとを抱えていらっしゃるようです。温和なかたとお見受けしました。助力を必要とされていらっしゃるようでしたけれど、今日の午後にお目にかかった時点では、まだいい渋っていらっしゃいましたわ」

エイダルフは戸惑った。「なぜブリトン人があなたに助力を請うのです？」

「申しましたでしょう、ダヴェドとアイルランドには深い繋がりがあるのです」

「ほう。たとえば？」新しい知識に常に貪欲なエイダルフとしては、ぜひとも説明を請いたいところだった。

そのとき、ブラザー・フロドリが、湯気の立ったブロスの椀とパンの載った盆を手に、部屋に入ってきた。彼はそれを寝台の傍《かたわ》らのテーブルに置いた。

エイダルフは苦笑しつつブロスを見やった。「鹿の半身だって食べられそうなくらい、腹が減ってるんですがね」フィデルマとの共通言語であるアイルランド語で話しながら、ため息をついて彼女を見やる。

ブラザー・フロドリが咎めるような目つきで彼を見た。「明日には冷肉やチーズくらいは食べてみてもよかろうが、サクソンの修道士殿、あと一日くらいはほどほどにしておいたほうがよいのではないかね」

このブリトン人はどうやらかなりアイルランド語を理解しているらしいと悟り、エイダルフは、彼に向かってきまり悪そうに軽く笑みを浮かべた。少々言葉に気を配るべきだったようだ。

「手厚く介抱していただきましたことと、それからご助言にも感謝いたします、ブラザー・フロドリ」

丸顔の男はふいに微笑んだ。心からの表情に見えた。「〝口は食物のためばかりのものではないといえど、それは神が定めたことではない〟」彼は去りぎわに、アイルランドの古い諺を引き合いに出し、いった。「つまり、助言といえど、かならずしもそうしなければならないというわけでもない」

「繋がり、とはいったいどんなものなのです？」ブラザー・フロドリが部屋を出ていったあと、ふたりで食事をとりながら、ふいにエイダルフが問いかけた。

フィデルマはむしろ嬉々として、自国の歴史といい伝えについて語りだした。

「いにしえの写本師たちによれば、今から二世紀以上前のこと、デイシの長《おさ》であった〝槍鋭きエンガス〟(10)が、癇癪《かんしゃく》を起こして大王《ハイ・キング》コーマク・マク・アルト(11)の片目をおのれの槍で射貫きました。これは不運にも起こったできごとだったため、厳罰は免れました。与えられた罰は、エンガス本人と彼のクラン〔氏族〕を、彼らの領地であるミー王国の豊かな土地から追放するというものでした。彼らのクランの中には、わが兄の王国に根をおろした人々もいました」

エイダルフは頷いた。確かに、モアン王国南部にはデイシと呼ばれる一族が暮らしている。

「そうでなかった者たちは？」

「そうでなかった者たちは海を渡りました。その中にはオーハッジに率いられた人々もいました。彼とともにやってきた者たちは、ちょうどこのあたりの地域、すなわちデメテと呼ばれる土地に住みつきました。オーハッジはこの地を治める為政者となりましたが、戦によってではなく、平和的手段でそれを実現したといわれています。その後、彼の家系からは十人の王が出ましたし、さらにこの地の貴族の多くはデイシ一族の末裔です。この王国の人々の多くがアイルランド語で会話することができるのも、わが国の修道士や修道女が大勢この地へ学びに来るのも、まさにそれが理由なのです」

エイダルフにとっては、この話は初耳だった。そこで本題に戻る前に、その歴史についてしばし考えを巡らせた。

「その、トラフィン修道院長というかたがあなたに助力を求めているらしいとのことですが、それならなぜ、あなたが今日の午後に伺ったさいに、そうとおっしゃらなかったのでしょう？」

フィデルマはスプーンを口に運びかけた手を止めた。「なぜかしら。あのかたは、あなたが充分な手当てを受けられただろうかとしきりに気にしていらっしゃいました。私たちの旅についてお話しすると、もしあなたの体調が回復したなら、明日の正午にいらしてほしい、とおっしゃっていましたわ」

「なぜあなたの助力が必要なのでしょう？　そもそも、なぜあなたがここにいることを？　あなたがドーリィーだと、あちらは知っていたのでは？」

「よく気づきましたね、エイダルフ」彼女は賞賛の言葉を口にした。「あのかたは私が何者なのかも、アイルランドのあらゆる法廷に立つことのできるドーリィーの資格を持っていることも、すべてご存じでした。ブリトン人の法体系は、私どものものとよく似ています。どうやら、私がここにいるという知らせが、私たちの上陸した直後に彼のもとに届いたようです。先ほども申しあげたとおり、わが国からは大勢の修道士や修道女が、ムイニエの修道院に勉学に訪れていますから」

「ムイニエ、とは？」

「わが国の言葉で、メネヴィアをそう呼ぶのです。このあたりではモニウともいいます」

「ああ、それならブラザー・フロドリがいっていました」エイダルフは思い返した。

フィデルマは悪戯《いたずら》っぽく笑みを浮かべた。「ファールナの名前などもう聞きたくもないでしょうけれど、エイダルフ、かの修道院を創設した聖マイドークも聖デウィの弟子であり、この地で学んだのですよ」

エイダルフは、つい先日ファールナ修道院において死を目前にしたことを思いだし[12]、軽く身震いをした。

「ともかく」フィデルマは続けた。「トラフィン修道院長は、私たちが数々の謎を解決してきたという評判を耳になさって……」

彼女が当然のごとく〝私たち〟と口にしていることに、エイダルフは内心喜びを隠せなかった。「つまりあなたが思うに、修道院長殿は自分の直面している問題についてわれわれに相談したがっている、ということなのですか?」彼は慌てて訊ねた。

「おそらくそうでしょう」

「なんとも妙ですねえ」

「どのみちすぐにはっきりします。今はあれこれ推測してもしかたありません」彼女はふと感極まったかのように手を伸ばし、両手で彼の手を取った。「元気になってほんとうによかったですわ、エイダルフ。私、心配でたまらなかったのです」

第三章

翌日は明るく晴れわたっていた。エイダルフは宿泊所の建物から、ためらいがちに数歩踏み出したが、ブラザー・フロドリに注意されたとおり、まだ体力が万全ではないようで、すこしふらついた。とはいえ、すがすがしい新鮮な空気が心地よく、じきに眩暈《めまい》は消えた。ポルス・クライスの港は、小高い丘に挟まれた川が細長い入り江に注ぐ場所にあった。停泊している数隻の小型漁船が穏やかに波に揺られていて、針金雀枝《はりえにしだ》とヒースに覆われた丘には点々と建物が建っていた。

ほぼ一瞬で、ここが海鳥たちにとって自然の隠れ家であるらしきことがエイダルフにはわかった。あちこちで鳴き声が響きわたり、鳥たちがめまぐるしく急降下したり素早く空を横切ったり高く舞いあがったりしながら、そこらじゅうを飛び交っていた。立っている足もとの真下の日陰になった水面《みなも》では、海豹《あざらし》が飛沫《しぶき》をあげて泳いでいた。のどかな風景といってよいだろう。入り江の反対側では、仔海豹が干潟によじ登ろうとしている。そうして眺めていると、まるで石でも転がり落ちてきたかのように、鳥の形をした黒い影がしだいに大きくなった。鳴き声が重なり合い、仔海豹の灰色の頭が、鳥の鉤爪《かぎづめ》に引っ掻かれて血まみれになった。だが鳥は摑み損ねたようだ。水飛沫があがり、母海豹が血相を変えて波間からあらわれ、仔海豹を自分のほうへ呼び寄せた。赤褐色と茶色の交ざった猛禽《もうきん》チョウゲンボウは、ふたたび舞いあがり二度めの急降下をおこなおうとしていた。仔海豹は母親に促《うなが》され、水中に消えた。生命とはけっしてのどかなものではないことを、エイダルフはまざまざと思い知らされた。

彼は踵《きびす》を返すと小《こ》径《みち》を歩いていき、切り株を見つけてそこに腰をおろした。夏の日射しに比べれば弱いものの、降りそそぐ陽光は温かくて快適だった。通りかかった人々がひとりふたり、この国の言葉で挨拶してきたので、彼も、乏しいながらもなんとか知識を掘り起こして挨拶を返した。トゥアム・ブラッカーンで学んでいた頃、同僚にポウイス王国出身の修道士がふたりいたので、彼らの言葉を習得するためにずいぶんと時間を費やした。ブリトン人とみずからの民の間に敵対心が存在することはむろん承知していた。たがいの間にある憎悪がなにを源としてのことか、エイダルフは充分すぎるほど理解していた。

彼の父親の時代に、ブリトン人の王国エルメトが滅ぼされ、エルメトの王ケレティックは殺害されて、民は西へ追いやられた。それをおこなったのが、スノットという名のサクソン人の武人の長《おさ》であり、かの小王国を隣国と隔てていた川の西岸にみずからの町区、すなわち〝ハム〟をつくりあげた人物だった。かつてはブリトン人が隆盛を極めたスノッティンガハムも、今やサクソン人の町として栄えている。むろん、ブリトン人がサクソン人を憎む理由は重々わかっている。それにサクソン人とて、その多くがそれに対して憎悪で応えているのではなかろうか？　サクソン人がキリスト教に転向したことにより、サクソン人とブリトン人との間には、結びつきどころかむしろ距離がひろがってしまった。

　ほんの六十年ほど前、ローマの聖職者アウグスティヌス[1]が、みずからの率いる四十人の修道士たちとともにケント王国に上陸し、キリスト教の教えをかの地にもたらしたときの話を、エイダルフも年長者からさんざん聞かされていた。北部にはおもにアイルランドの宣教師のみが訪れ、異教徒たるサクソン人にキリスト教の教えを与えるべく読み書きを教えていた。カンタベリーでは、ジュート人によりかの地を追われる前にブリトン人が独自に建立した、トゥールの聖マルティヌスを祀《まつ》った教会も目にした。フランク族であり、キリスト教徒であったケント王の妻と彼女づきの司祭はその教会をよりどころとしていた。ブリトン人がローマ占領時代からキリスト教を信仰していたことを知っていたアウグスティヌスは、残存の領土とサクソン人の領土との間の国境において、相手の司教たちとの会合を申し入れた。

　エイダルフが聞き集めた話をまとめると、アウグスティヌスは、古いローマ人の傲慢《ごうまん》さを持ちつづけていた人物だったようだ。ブリトン人を見る彼のまなざしは、古代ローマ帝国の軍団《レギオン》の将軍たちのまなざしそのものだった。彼にとっては、ブリトン人とは取るに足らぬ異邦人にすぎなかった。彼はバンゴールの司教デニオルを問いただしたという。なぜブリトン人の聖職者たるそなたが、みずからの手でサクソン人たちを改宗させ、キリスト教の信仰に対する義務を果たそうとせぬのか、と。するとデニオルは皮肉交じりに答えた。妻子を踏みにじり惨殺しようとしている男に、愛と寛容を説いても無駄だ、と。だがアウグスティヌスは懲《こ》りずにも喰いさがり、ブリトン人が彼を、そしてローマの権威を頑として受け入れぬのならば、わたしがみずからサクソン人の武力に祝福を与え、ブリトン人に報復を与えることになるであろうよ、といい放った。じっさいそのしばらくのちに起こった、バンゴールの修道士大量虐殺の間に命を奪われた千人もの聖職者たちの中には、デニオルの名もあった。

　修道士の法衣をまとった長身のブリトン人が歩み寄り、笑みを浮かべて、よくわからない言葉で挨拶をしてきたので、エイダルフはあまり心地のよくない気分で、もの思いから引き戻された。とっさに笑顔で、その言語で憶えている挨拶を返してはみた。エイダルフとしては無闇に敵をつくるつもりはなかったが、そのときふと浮かんだ故郷の諺《ことわざ》では、確かこういっていなかっただろうか？　敵と友人になろうとするのは、けっして安全とはいえない、と。だが、かならずしもそうとはいえないのではないか？　キリスト教の教えではどうだっただろう。聖ヤコブはなんと記していた？　〝汝等《なんぢら》のうちの戦争《いくさ》は何処《いづこ》よりか、分争《あらそひ》は何処よりか、汝らの肢体のうちに戦ふ欲より来《きた》るにあらずや。汝ら貪れども得ず、殺すことをなし、妬むことを為《す》れども得《う》ること能《あた》はず、汝らは争ひまた戦《いくさ》す〟（『ヤコブの書』第四章一〜二節）はたしてそれが、サクソン人がブリテン島に上陸して以来、二世紀にわたり続いている戦争と殺戮の主たる理由なのだろうか？　彼は身震いをした。キリストはなんとおっしゃっていた？　〝われ新しき誡命《いましめ》を汝《なんぢ》らに与ふ、なんぢら相愛《あひあい》すべし〟（『ヨハネ伝福音書』第十三章三十四節）そうだ、少なくともそう決意したのだから、それに従うべきだ。だがそれでも心のざわつきはやまず、見知らぬ国で信用の置けぬ人々のただ中にいるというのは、やはり恐ろしくてしかたがなかった。

数時間するとフィデルマが探しに来て、聖デウィ修道院まで歩いていくが一緒に行けそうか、と訊ねてきた。しばらく外に出て新鮮な空気を吸ったおかげか、気力が戻ってきた。そこで行く、と返事をした。眩暈も収まり、額の傷のまわりはまだ触れると痛むものの、もうすっかり回復した気分だった。

聖デウィを祀る大修道院は、ちいさな港から北東一キロメートル半と離れていない場所にあった。ふたりはポルス・クライスからの道のりをゆったりと、確かな足取りで、川沿いの羊歯《しだ》の葉に覆われた堤を歩いていった。昨日すでにこの道を一度往復しているフィデルマによれば、この川はアリン川というそうだ。アイルランドで採掘された金は船に積まれ、港に到着したのち、この川を遡《さかのぼ》って修道院まで運ばれ、金細工職人たちの手によって、祈禱《きとう》のさいに用いられる神聖な品々となるのだ。さらに上流へ進むと、川は泥炭地に注いでいたが、フィデルマは、ぬかるんだ地面をためらいもなくずんずんと渡っていった。陽光はあいかわらずさんさんと降りそそいでおり、風は出てきたものの、この時季にしてはそれほど冷えこんではいなかった。どちらかといえば楽な道行きだった。その建物の群れが、

まもなく大修道院の建物群が見えてきた。その建物の群れが、ローマは別格としても、エ

イダルフがこれまで目にしたことのある数々の修道院に匹敵するほどの荘厳なつくりであることを、彼も認めざるを得なかった。いずれもみな、灰色の花崗岩《かこうがん》と地元で採れた木材を組み合わせて建てられていた。

門前で、ふたりは修道士のひとりに迎え入れられた。彼はふたりの到着を承知していたとみえ、みずから先に立ち、てきぱきとふたりをトラフィン修道院長の居室へ案内した。

修道院長は椅子から立ちあがると進み出て、フィデルマの母国語で挨拶をし、ふたりを温かく迎えた。彼もブラザー・フロドリ同様、彼女の国の言葉を流暢《りゅうちょう》に話すことができるようだった。彼の髪型は、アイルランドの教会だけでなくブリトンの教会でも用いられる〈聖ヨハネの剃髪《トンスラ》〉(2)だった。前頭部を耳と耳を結ぶ線まで剃りあげる様式で、いにしえの賢者であるドゥルイドの時代から変わらず用いられている剃髪だともいわれている。彼は四十代後半とみえ、頬は痩せこけて、薄い唇をしており、大きな鼻の表面には細く赤い血管が蜘蛛《くも》の巣のように縦横に浮き出ていた。その顔がぱっとほころんだので、どうやら心から歓迎してくれているとみえる。だがその黒々とした瞳には、どこか不安げな光が宿っていた。

ふたりには暖炉の前の椅子が示され、温葡萄酒《マルド・ワイン》が出された。とりわけエイダルフにとっては、心身に染みわたる、じつにありがたいもてなしだった。

「もうすっかりよいのかね、ブラザー・エイダルフ?」彼が腰をおろすと、修道院長は訊ねた。「船上で事故に遭ったと聞いているが?」

「ええ、すっかりよくなりました」エイダルフは真顔で答えた。

「そして修道女殿、やはり昨日話していたように、今もおふたりとも、カンタベリーへの旅を続けたいと強く思っておいでなのだろうか？」

「ええ」フィデルマが答えた。「カンタベリーへ向かう船が見つかりしだい、すぐにでも」

修道院長は上の空というようすで頷いた。椅子の肘掛けを指でトントンと叩いているが、どうやら自分ではその仕草に気づいていないようだ。なにやら重要な件について思いあぐねており、しかしそれを口に出すのをためらっているのがはっきりと見て取れた。

「しかし……」彼が口をひらきかけた。

「しかし」フィデルマが口を挟んだ。「なにかご懸念がおありで、しかも私どもの助力を必要となさっているというわけですね」

修道院長は驚いた顔で彼女を見た。即座に目をすがめる。「なぜそれを？　すでに聞いているのかね？」

「なにか思いあぐねていらっしゃるのは一目瞭然ですわ」フィデルマが答えた。

その返事を聞いて、トラフィン修道院長はすこし考えこむと、緊張を緩めて肩をすくめた。

「なるほど。じっさい、われわれは今、ある謎に直面している。そしてそれを解明するには、あなたのような専門家の助言が必要なのだ」

エイダルフは苛立たしげに、温葡萄酒のゴブレットから視線をあげた。

「このたびの件について話を進める前に、ひとつ質問してもよいだろうか、修道女殿?」修道院長が訊ねた。

フィデルマはエイダルフをちらりと見やり、わざとかしこまって答えた。「すべての質問にお答えできるとはかぎりませんが」

修道院長は困ったように身じろぎをした。「そうかもしれぬが、修道女殿。ともかく訊くだけは訊かせていただこう。これからお話しする謎に興味を抱いていただけたなら、この王国にしばしとどまり、謎の解明を試みてはもらえぬであろうか?」

フィデルマはエイダルフを指し、返事は彼しだいだということをはっきりと示した。「私は、カンタベリーのテオドーレ大司教の特使の同行者としてこちらにまいっただけですの。彼に訊いてください」

エイダルフは葡萄酒《ぶどうしゅ》の杯を置き、じっくりと考えた。ようやくカンタベリーへ戻る決意を固めたものの、それまでモアンで一年近くの日々を費やしてしまったことは確かだった。ここで数日このダヴェド王国にとどまり、帰還の旅を今すこし遅らせたからといって、たいした違いなどあるだろうか? どのみち船を見つけるまでに二、三日はかかる。しかし、修道院長をそこまで悩ませ、さらには異国人、しかもサクソン人である自分に解明を委ねねばならぬほどの謎とは、いったいどのようなものなのだろう? 今この瞬間ですら、ここがブリトン人の国だということはエイダルフの脳裏からけっして離れなかった。修道院長は焦《じ》れているようすを隠しもせず、あからさまにこちらをじっと見つめている。

「むろん報酬はお支払いする」エイダルフがそれを懸念していると思ったのか、修道院長が慌ててつけ加えた。

「なぜ私どもの助力が必要なのです？　なにも異国人に声をかけずとも、このダヴェド王国には、問題を解決することのできる賢人たちが大勢いらっしゃるのでは？」エイダルフの口調には苛立ちがにじみ出ていた。

部屋の奥の仕切りが揺らぎ、背の高い年配の男が姿をあらわした。歳を取ってはいるものの、武人の身体つきをしており、若い頃はさぞ美男子だったにちがいなかろうと思われた。縮れた白髪を金の飾り輪でまとめ、瞳は抜けるような鮮やかな青、いやむしろ紫に近いのではと思われるほどで、まるで瞳孔《どうこう》がないようにすら見えた。質のよい繻子《サテン》と亜麻布と毛織の衣服を身につけている。かなりの地位の人物であることは明らかだった。

フィデルマが椅子から立ちあがったのに気づき、エイダルフもしぶしぶと腰をあげた。

修道院長が落ち着かなげに咳払いをした。「こちらにおいでは――」

「ダヴェド王グウラズィエンですね」フィデルマが割って入り、会釈をした。

老王は進み出ると、満面に笑みを浮かべて片手を差し出した。「鋭い目と、そして鋭い知性をお持ちだ、〝キャシェルのフィデルマ〟、初対面のはずだが」

「ええ、お目にかかるのは初めてです、ですが双方の島々では、ノウイのご子息たるあなたのことは、常に尊敬の念をもって語られております。あなたの父君も、確か教会をご支援くださったことで名高いおかただったのでは？」

グウラズィエンは軽く首を傾げた。「確かにそう語られてはいるが、それだけで予を見わけることなどできようか」

「おっしゃるとおりです」フィデルマの瞳がきらりと光った。「ですが、そのマントに刺繡《ししゅう》されていますのはダヴェド王家の紋章ですし、指には金の御璽《ぎょじ》をはめておいでです。私はそこからあなたのご身分を推察したまでです」

グウラズィエンは彼女の眼識を認め、腿を叩いてくつくつと笑った。「お噂はすべて真実とみえる、〝キャシェルのフィデルマ〟」彼は片手を伸ばし、このやり取りから少々取り残されたようすで佇《たたず》んでいたエイダルフに向き直った。「そしてむろん、フィデルマの行くところ、かならず相棒である〝サックスムンド・ハムのエイダルフ〟の姿ありと聞いている。今より二世紀の昔、まさしくそなたの故郷である南部サクソンの地には、トリノヴァンテス族と呼ばれたブリトン人たちの王国があった、とわが国の吟唱詩人《バード》は歌っている。この一族から、わが国の最も偉大な王のひとりが生まれた――〝ベリノスの猟犬〟ことクノベリヌス、歴代のローマ皇帝たちですら彼を相手に戦いを挑もうとはしなかったそうだ」

エイダルフは落ち着かなげにもぞもぞと足を動かした。「〝テンプス・エダクス・レールム（万物を食べ尽くす時間よ）〟」オイディウスの言葉がふと頭に浮かび、彼は呟いた。(3)

グウラズィエンは咎《とが》めるようなまなざしで、しばし彼を見据えた。やがてため息をつくと、必定の運命を受け入れるかのように俯《うつむ》いた。

「確かに、時間はあらゆるものを喰いつくしてしまう。しかしウェルギリウスはこういっていなかったかね、〝運命はおのれの道を見いだす〟と？　一度あったことが二度ないとはかぎらぬ」

エイダルフは身の震えを必死に押し殺した。ブリトン人は、いつかサクソン人をふたたび海へ追いやる日がかならず来る、という希望を捨てていないのだと聞いたことがある。いかに反応すべきか迷っているうちに、その機会は過ぎてしまった。グウラズィエンはすでに先ほどまで修道院長が座っていた椅子に腰をおろしており、修道院長も別の椅子に腰をおろしていた。

「かけたまえ」王が焦れたように身振りで示した。フィデルマとエイダルフはそれぞれの席に戻った。「われらがサクソン人の友人殿が先ほど訊ねられた質問への答えは、至極単純だ。アイルランドからこの地を訪れる旅人たちや、勉学のためにこの修道院へやってくる数多《あまた》の修道士や修道女たちが語るには、〝キャシェルのフィデルマ〟なるお人が、あちらでは難問を解決し、こちらでは謎を解明したというではないか。トラフィン修道院長とも話していたのだが、おそらく神が、われわれを救うべくあなたをこの地へ寄越してくださったにちがいない」

王の賛辞に自分は含まれていないことへの苛立ちを、エイダルフは懸命に抑えた。こうして聖デウィ修道院に呼び出されたのも、ひとえにフィデルマの評判ゆえであることは明らかだった。ブリトン人たちとしては、彼の存在はせいぜい黙認してやっているといったところなのだろう。彼はつとめて無表情を装った。

フィデルマは背筋を伸ばすと、含みのある表情でグウラズィエンを見た。「私の恩師であるブレホンのモラン師はよくおっしゃっていましたわ。賛辞そのものに金はかからぬが、結局は高くつくものだ、と。あなたが私とブラザー・エイダルフに向けてくださったお褒めの言葉には、いかなる代償が求められておりますのかしら？」相手がエイダルフを外して話をしようとしていることに対する叱責の念もこめて、フィデルマはあえて彼の名前を軽く強調してみせた。

グウラズィエンは、ここまであからさまな問いを投げかけられることには明らかに慣れていないとみえ、修道院長ですらふと不安げな表情を浮かべた。だがグウラズィエンはとりわけ機嫌を損ねるでもなく、いった。

「嘘なものかね、〝キャシェルのフィデルマ〟、けっして口先だけで申しているのではない」

「むろん承知しておりますとも」フィデルマは即座に答えた。「では、些細なことにかかずらっているよりも、あなたが私どもに求めていらっしゃることについて、話を進めようではありませんか」

王の身振りを受けて、トラフィン修道院長が話を引き取った。

「ここより北側へ二十キロメートル、あるいはもうすこし先のあたりに、われわれの管轄下にある小修道院のひとつ、スァンパデルン修道院がある。といっても、修道院と称するにはあまりにもちいさな共同体にすぎぬが」

彼がふと黙ると、グウラズィエンが苛立たしげにため息をついた。修道院長は慌てて話を続けた。

「ブラザー・カンガーという修道士が、自分の属する修道院からここをめざして旅をしていた。道中、彼は一夜のもてなしを受けようとスァンパデルンに立ち寄った。昨日、ブラザー・カンガーがひどく肝《きも》を潰したようすで、不安な表情を浮かべ、この修道院を訪ねてきた。若者ゆえ動揺も激しかったのだろう。彼の話によれば、スァンパデルンにたどり着いてみると、修道院には誰もおらず、もぬけの殻だったというのだ」

そこで、話に対する反応を待つかのように、すっと背筋を伸ばした。

フィデルマはひと呼吸おいてから、さりげなく問いかけた。「そのスァンパデルン修道院には、普段は何人が暮らしているのです？」

「スァンパデルンは男子修道院で、二十七人の修道士が暮らしている。自分たちで土地を耕し、ちいさな農場を営んで自給自足の生活をしているのだ」

フィデルマは軽く目をみはった。「二十七人？　その数字は故意に選ばれたものなのですか?」

トラフィン修道院長には意味がわからなかったとみえ、じっさいにそう口にした。

「ではわざわざご説明するまでもありませんわね」フィデルマはそっけなくいった。彼女の国では、この数字は神秘的な意味合いを持つのだが。「ブラザー・カンガーは、修道院がもぬけの殻であることを発見した。しかし、そうなっていることに対する説明がいっさい見いだせなかった、つまりそういうことですね?」

「おっしゃるとおりだ」

「彼はすべての建物をくまなく調べたのですか?」

「すべて調べたそうだ。蠟燭《ろうそく》がともりっぱなしで、食事はテーブルの上に食べかけのまま、数時間が経過したように見えた、とのことだった。鼠《ねずみ》だらけだったと。そのうえ、家畜もすべて残らず姿を消していたというのだ」

フィデルマは、探るような鋭い視線をグウラズィエンに向けた。「あなたはなぜ、この件に対してとりわけご関心がおありなのです?」

老王は驚いたようにまばたきをした。「なぜそのようなことを申すのだ?」彼は訊ねた。

「一介の小修道院の命運を、ダグヴェド王ともあろうおかたがとりわけ気にしていらっしゃることに、ひじょうに興味をおぼえたものですから。そういった調査であれば、こちらにいらっしゃる修道院長殿にお任せすればよいことです。しかしあなたは、あくまでも私どもの助力を得ることにこだわっていらっしゃる」

王は彼女の率直なものいいに軽くまばたきをすると、背筋を伸ばした。「じつに冴えた、鋭い見識をお持ちだ。おっしゃるとおり、〝キャシェルのフィデルマ〟、予はあの修道院の命運をひじょうに気にかけている」彼は、考えをまとめてなんとか言葉でいいあらわそうとしているかのように、ふと口ごもった。

「予には息子がいる。長男のフリンだ。半年前、フリンはみずから望んで修道士となり、スァンパデルン修道院に入った。じつに賢い息子だった。息子はこの王国を望み、いずれ予の跡を継ぐつもりなのだろうとばかり思っていた。しかし彼はおのれの人生に不満を見いだし、修道士となる決意をしたのだ」

フィデルマは腰をおろしたまま、軽く身を乗り出した。「つまり、あなたのご子息であるフリンは、スァンパデルンから消えたという修道士たちの一員なのですね？」

「そういうことだ」

短い沈黙が漂い、やがてフィデルマが訊ねた。「今回の件についてなにか心当たりはありますか、グウラズィエン？」

老いた男はかぶりを振った。「予は、魔術などというものはいっさい信じておらぬ、シスター・フィデルマ。だがあえて問う。魔術でないのならば、いったいいかにして、修道士全員がまるごと消え失せてしまったというのだ？」

フィデルマは苦笑いを浮かべた。「ならばあなたは、その疑問に対する答えをご存じだとでもおっしゃるのですか？」

「答えならある」

ふいに差し挟まれた、聞き慣れぬ威圧的な声に、一同は振り返った。いつしか開け放たれた扉の入り口に、若い男が立っていた。長身で、金髪を銀の飾り輪でまとめている。整った顔立ちはグウラズィエンと瓜ふたつで、王と同じく、抜けるような鮮やかな色をした瞳を輝かせていた。若者が入ってくると、グウラズィエンは苛立たしげに彼を指し示した。

「下の息子のカセンだ」

トラフィン修道院長が形式どおりにフィデルマとエイダルフを紹介した。

「父君が示された疑問に、答えはある、と？」フィデルマは訊ねた。

「わが国の政治問題についてはご存じか？」カセンは質問に質問で答えると、椅子に身体を投げ出した。

「ええ、多少は」フィデルマは認めた。

「この二十年、わが国は北の隣人、すなわち代々のケレディギオン王の野望の的《まと》とされ、絶え間なく攻撃を受けつづけてきた。現王アートグリスは野心家で無慈悲な男だ。やつの跡継ぎである息子も似たようなものだ。親子して邪悪きわまりない。かつてケレディギオンはグウィネズ王により統治されていたが、王朝で内紛が起こった。先代の時代に、アートボドギ王が統一をなし遂げ、ケレディギオンは独立王国となった。アートボドギの息子アートグリスが権力を握ると、ケレディギオンは領土をひろげようと、近隣諸国に侵攻しはじめた。ダヴェド王国をケレディギオンに併合することはアートグリスの最も切実なる野望なのだ」

「そのことがなぜ、スァンパデルン修道院の者たちが失踪したことの説明になるのです？」

フィデルマは問いただした。

「ケレディギオンは以前にもわが国の領土を侵犯し、人質を連れ去ったことがある」

「つまり今回の事件には、ケレディギオンのアートグリスがなんらかの形で関わっているとおっしゃるのですね？　修道士たち全員がそれに巻きこまれたと？」

「確証があるわけではない。わたしはただ、ケレディギオンがわが兄フリンを人質とするため、スァンパデルンを襲ったという可能性がなくはない、と申しているだけだ」

「確かに可能性がなくはない、だがそれはあり得ぬ」父王が言葉を継いだ。「フリンは修道院に入るにあたり、王家の者としての権利をすべて捨てていったのだ。あれを人質にしてどうするというのだ？　予を揺さぶるためか？　予がその程度で揺らぐような者ではないことは、敵とて承知しているはずだ。予にとって、王としての誓約と民の幸福より先に立つものなどない。ケレディギオンの侵攻だというなら、ほれ、サクソンの船とて、わが国の沿岸にさんざん攻め入っているではないか」

「それで、私どもになにをせよと？」フィデルマはとっさに訊ねた。サクソン人による侵攻を話題にされて、エイダルフがばつの悪そうな顔をしたからだ。「戦のような政治的な問題を解決するのは、私どもの得手ではございません」

トラフィン修道院長は身を縮こまらせていた。どうやら彼もカセン王子の意見には賛成しかねるようだ。

「このたびのできごとは、ケレディギオンとも、アートグリスの国境侵犯とも、なんの関係もないような気がするが……」彼はカセンを一瞥《いちべつ》し、言葉を濁《にご》した。

カセンが反論すべく全身に緊張を走らせたのを見て取り、フィデルマは口を挟んだ。「その――スァンパデルン、でしたか――修道院は、ここより北側にあるとおっしゃいましたね？ そこはケレディギオン、すなわちアートグリスの王国との国境からどのくらい離れているのですか？」

「少なくとも二十キロメートル以上は離れている」

「往復で四十キロメートルもの長い距離を、敵の軍勢が気づかれることなく移動し、領土を侵犯することなどできるでしょうか」フィデルマは述べた。

「海から襲撃してきたのかもしれぬ。やつらが沿岸から上陸したとすれば、スァンパデルンまではほんの数キロメートルの距離だ」カセンは譲らなかった。

「〝したとすれば〟というのは、じつに都合のよい言葉ですわね」フィデルマは考えを巡らせつつ、いった。

修道院長は先刻からなにかいいたげに唇を引き結んでいたが、はたして王子に対して反論などしてよいものだろうか、と考えあぐねているようすだった。フィデルマがその表情に気づいた。

「この件についてぜひあなたにもご助力願いたいのですが、トラフィン修道院長。あなたはどうお考えです？」

修道院長はますます縮みあがったが、それでもなんとか勇気を振り絞り、いった。「かの修道院はカルン・ゲッスイの西側のふもとにある。もしケレディギオンの武人たちが海路で襲撃してきたとしても、上陸できる地点は二か所しかない。しかもそのどちらを選んでも、そこから修道院まで三キロメートル行軍せねばならぬ。いずれの道もふたつの町に面しており、かような軍勢が通れば、まず警戒されずにはすまされまい。おそらく彼らが修道院にたどり着きすらせぬうちに、クリドロ修道院長および修道士たちのもとには、敵軍がこちら側の領土にあらわれたという知らせが届くはずだ。ブラザー・カンガーの話によれば、修道院内はじつに整然としていたそうだ。ゆえに武人たちが抵抗する捕虜たちを無理やり連れ去ったとは考えがたい。襲撃されたようすもなければ死体もなく、暴力が振るわれた跡ひとつなかったというのだから」

カセンがあざ笑うように鼻を鳴らしたが、父王が身振りでそれを咎めた。

フィデルマは次の言葉を待ったが、王がそれ以上なにもいわなかったので、ふたたび修道院長に向かって問いかけた。「では、このたびの失踪事件はいかなる理由で起こったとおっしゃるのです？」

聖デウィの修道院長は、明らかに途方に暮れていた。彼女をじっと見つめるその目には苦悩がにじんでいた。「キリストの名のもとに申しあげるが、修道女殿、もはや私には、自然の法則を逸脱せずにこの件を説明する術《すべ》など、まるで思いつかぬ」

カセンがあざ笑った。「魔術だとでもいうのか！　また魔法だなどと時代遅れなことをいうつもりか？　いい加減にせよ、トラフィン修道院長。超自然的な力などというものはこの世に存在せぬ。それではそなたもあのブラザー・カンガーとかいう若造とたいして変わりないではないか！　邪悪な力などというものは存在せぬのだ」

「そうでしょうか」

穏やかな声で発せられた言葉に一同は驚き、声の主であるフィデルマを一斉に見た。彼女は全員を見わたした。

「超自然は、自然界に存在するもののうちで、いまだ理解が及ばぬもののことをいうのです。キリスト教の教義における数々の謎をどう説明なさいます？　あれこそ、私どもにとっては超自然的なものごとではございませんこと？　善《よ》きものの存在を認めるのならば、悪しきものの存在をも受け入れねばなりません」

「それらの謎は神が定められたものだ！」カセンはむきになった。

「神がお定めになったものかそうでないかを判断なさるのはご自身だと?」フィデルマはぽつりといった。

カセンは反論しようと口をひらきかけたが、答えに詰まり、口を閉ざした。顔を真っ赤にしてしばらく立ちつくしていたが、やがてこわばった口調でいった。「失礼する。仕事があるのでな」そして踵を返し、部屋を出ていった。

扉がばたんと閉まると、グウラズィエンが居心地悪そうに身じろぎをした。

「申しわけございません、カセン殿下をご立腹させてしまったようですわ」からりとした口調でフィデルマはいった。

「あれは末の息子で、気の短い質《たち》でな」老王は呟いた。「けっして無礼をはたらくつもりではないゆえ」

「どうぞお気になさらず」フィデルマが答えた。「ですがこれまでのお話を伺って、このたびの謎に俄然《がぜん》興味が湧いてまいりました。カンタベリーへ向かう船があらわれるまでには数日かかりましょうから、ぜひその時間を有効に使うことといたしましょう」

グウラズィエン王の表情がとたんに明るくなった。「では、引き受けてくださるのかね?」

フィデルマがエイダルフをちらりと見やった。彼女が断らぬであろうことは、彼にはとうにわかっていた。謎の内容を知り、さらにカセン王子と父王による解釈と、修道院長による解釈の違いを見せつけられて、すぐにそう思った。フィデルマにとって謎というのは、たとえていうなら目の前に差し出された葡萄酒のようなものなのだ。エイダルフは諦めの境地でうんざりと顔をしかめ、自分の目の奥に浮かんでいるであろう、恨みと嫉妬《しっと》がない交ぜになった怒りに彼女が気づかずにいてくれればよいが、とひそかに思った。

「お受けいたしましょう」万事問題なし、とばかりにフィデルマがきっぱりといった。

「ではこの件を王命とする」グウラズィエンは安堵した声で、いった。「費用はすべてわが国で負担し、報酬もそなたたちの要求する額を出そう。いずれも支払いは金または銀にておこなうものとする」

「たいへん結構です」フィデルマは応じた。「ですが、私どもがあなたの権威のもとに行動していることを示すべく、あなたの紋章を冠したなんらかのしるしをいただきとう存じます。加えて、私どもがこの王国に滞在する間の出費を賄《まかな》うに充分な費用も必要です。私どもが首尾よく謎を解決した場合には金貨十枚を、解決に至らなかった場合には金貨五枚を。それでいかがでしょう?」

「よかろう」

「では、まずブラザー・カンガーに話を聞かねばなりません。そのスァンパデルン修道院へ、私どもを案内してくださるかたも必要です」

熱を帯びはじめた彼女の話しぶりに、エイダルフは思わず心の中で呻《うめ》いた。

「それならお安いご用だ」トラフィン修道院長が応じた。「明朝、スァンパデルンに向けて発てるかね?」

「なぜそれほど急ぐのです?」あまりにも性急にことが進んでいくため、エイダルフは思わず訊ねた。

トラフィン修道院長は恐縮しているようすだった。「先ほど、もしケレディギオンの武人たちがスァンパデルンに近い海岸から上陸したとしても、ふたつの町でかならず警戒を呼ぶことになろう、と話したが、偶然にも、まさにこの町のひとつから、バーヌウル、すなわち判事を寄越してほしいという依頼が届いたのだ。明朝、その資格を持つブラザー・メイリグという者がその町へ向けて出発することになっている。そこに同行していただければ、彼が案内役を務める」

「じつによい考えだ!」グウラズィエンも賛同した。

フィデルマはじっと考えこんでいた。「なぜ、その町では……」

「スァヌウンダだ」修道院長が助け船を出した。

「なぜその、スァヌウンダという町では」彼女は発音にやや苦労しつつ、いった。「判事が必要なのです? バーヌウルとは、わが国におけるドーリイーにあたる役職ではありませんでしたか? そのことと、修道院での失踪事件にはなんらかの関わりがあるのですか?」

トラフィン修道院長はきっぱりと首を横に振った。「町の長たるペン・カエルの領主が、判事を寄越すよういってきたのは、このたびの件とはいっさい関係のない理由からだ。若い娘が顔見知りの男に強姦されたうえ殺害された。娘は純潔なる処女《おとめ》だったそうだ。かような田舎町ではめったに起こらぬ、きわめて深刻な犯罪だ。怒り狂った町の者たちが、その青年を殴り殺さなかっただけまだましだ。ふたつの事件にはいっさいなんの関連もない」

「では急がぬ理由はございませんね。スァンパデルンに向かう準備をいたします。明朝、その、ブラザー……」

「ブラザー・メイリグだ」

「……ブラザー・メイリグとともに出発いたしましょう。とはいえ、かの地までは二十キロメートル以上の旅になるとおっしゃいましたね。ブラザー・エイダルフはまだ体調が……」

「まいりますとも」エイダルフは平然といい放った。「私はそこまでひ弱でもありませんし、まるっきりの役立たずというわけでもないはずです」

「馬を用意させよう」不機嫌なエイダルフの口調は聞き流し、グウラズィエンが勧めた。

「承知しました」エイダルフはふてくされた表情でフィデルマを見た。当のフィデルマはといえば、せっかく気を遣ったつもりだったのに、なぜ彼は腹を立てているのだろう、と訝《いぶか》っていた。

「承知いたしました」彼女もエイダルフにならい、いった。

「じつに結構。さて、昼もだいぶ回っている、食事にするとしようではないか」トラフィン修道院長が立ちあがった。「おふたりが食事を済ませてひと息つかれたら、ブラザー・カンガーを探しに行きますかね。ブラザー・メイリグも修道院内にいるはずだ。そうそう……」

彼はなにごとか思いだしたように、フィデルマとエイダルフを振り向いた。「すっかり忘れていた。貴族や聖職者ならばアイルランド語も、むろんギリシャ語やラテン語も話せるであろうし、中にはヘブライ語まで話せる者もいる。だが庶民はカムリ語しか話さぬ。通訳も必要ではないかね」

「こちらの国の言葉に関しましては、私はなんの不自由もございません」フィデルマは会話をカムリ語に切り替え、答えた。「私は修業時代、グウィネズ王国出身の修道女たちとともに過ごしておりましたので、そのさいに言葉を学びました。とはいえ、法律用語などの中には理解の及ばぬものもあるかと存じますが、最善の努力は尽くさせていただきますわ」

いっぽうエイダルフは、聞き取れているかどうか確認されることすらなかったが、わざわざこちらから説明するまでもないだろう、と思った。

「では、あなたがたの行く手を阻むものはないということだ」トラフィン修道院長が満悦したように頷いた。「困ったことがあれば、ブラザー・メイリグに助言を求めるとよろしい」

「そういたします」フィデルマはいった。

「さて場所を移し、食事にするとしよう」

第四章

三頭の馬が聖デウィ修道院の門を出たとき、冷えこんではいたが霜はおりていなかった。長身の人物を乗せた灰色の雌馬を先頭に、馬たちは一列になって進んでいった。ブラザー・メイリグは危なげのない常足《なみあし》で馬を歩ませ、そのあとに、シスター・フィデルマとブラザー・エイダルフの乗った、脚の短い、頑丈なコッブ種の馬が二頭したがっていた。メイリグは早朝の冷気から身を護るべく、乗っている馬とほぼ同じ色の大きなマントをまとっていた。連れのふたりもやはり分厚い毛織のマントに身を包んでいた。

トラフィン修道院長がポルス・クライスへ遣いを送り、フィデルマとエイダルフの旅行鞄をブラザー・フロドリの宿泊所まで取りにやってくれたので、そのおかげでブラザー・カンガーに話を聞く時間もできたうえ、早朝の光が東の山々から覗くか覗かないかのうちに、バーヌウルであるブラザー・メイリグとともに旅立つ準備も整った。

ブラザー・カンガーの深刻かつ淡々とした語り口が、フィデルマの頭にもエイダルフの頭にもこびりついていた。だが若い修道士の話は、すでにふたりがトラフィン修道院長から聞いていた話と大差なかった。彼がじっさいに目にした光景について、フィデルマは詳しく聞き取りをおこなった。彼はじつに現実主義的な人物で、細部にもよく目を配っており、打ち棄《す》てられた建物とその状態について根気よく丁寧《ていねい》に説明していた。

若き修道士は、魔術や邪悪な存在といったものはまったく信じていなかったが、ただ自然の法則で説明がつかぬのならば、超自然的な原因がけっしてないとはいえぬ、と考えているようだった。

ブラザー・カンガーのもとを辞したあと、フィデルマとエイダルフは修道院の図書室《スクリプトリウム》に案内された。ブラザー・メイリグは法律書を調べている最中だった。かなりの長身で、平均よりも背が高いとされているフィデルマよりも、はるかに上背があった。ずいぶんと痩せており、頬はこけて頬骨が浮き出ている。髪には白いものが交じり、黒々とした目は落ちくぼんでいて、右目に癖《くせ》があり、そのせいで表情が冷たく見えることもあった。だが陰気な容貌とは裏腹に、彼は明るく、愛想のよい挨拶を寄越した。

ブラザー・メイリグはフィデルマに向かって彼女の国の言葉で話しかけると、今度はエイダルフに向き直り、澱《よど》みないサクソン語で語りかけた。つまるところ、彼は数か国語を、しかもいずれも流暢《りゅうちょう》に話すことができるようだった。

「なぜそんなにサクソン語がお上手なのです？」その巧みさに驚き、エイダルフは訊ねた。

「私は数年間、マーシアで捕虜になっていたことがありまして」と、ブラザー・メイリグは頭巾《カウル》つきの法衣の下に隠れていた、首まわりについた傷跡を指さした。「見てください、これはサクソン人が奴隷につける首枷《くびかせ》の跡です。十年以上前、ペンダ(1)がかの王国を治めていた頃のことです。あれはじつに邪悪な男だった。ペンダは異教徒として生まれ、異教徒として死に、生涯ウォドン以外の神に仕えることはありませんでした」

「ですがあなたは逃れることができたのですよね？」メイリグの口調はけっして恨みがましいものではなかったが、エイダルフはばつの悪い思いを必死に隠しつつ、訊ねた。

「〝ノーサンブリアのオズウィー(2)〟がウィンウェードの野でペンダを斃《たお》してその命を奪うと、マーシアは混乱に陥り、彼に捕らえられた奴隷たちの多く、とりわけ私のようなキリスト教徒の修道士たちは、そのさいに解放されて故郷に戻ることを許されたのです」

「そしてあなたはバーヌウル……すなわちダヴェドの法廷を司る判事となられたのですね」フィデルマが締めくくった。

ブラザー・メイリグは満足げに微笑んだ。「判事であるのはあなたも同じでしょう、シスター・フィデルマ」彼はいった。「ドーリィーとバーヌウルは地位としては同等のものです。共通点も多い」

「こちらの国の法律には、アイルランドの〈ブレホン法〉に類似したものが数多くあると聞いています。教えていただくこともたくさんあると存じますわ、ブラザー・メイリグ」

「お噂はかねがね伺っております、修道女殿。私にお教えできるようなことがありますかどうか」バーヌウルは柔らかく指摘した。

「スァンパデルンでのできごとについてはお聞きおよびですか?」エイダルフが訊ねた。

ブラザー・メイリグは即座に頷いた。「しかし、その件に関しては私は任されていない」

「この件をどう思われます?」エイダルフは畳みかけた。

「どう?」ブラザー・メイリグはふんと鼻を鳴らした。「なんでも、ケレディギオンが人質を捕らえるために襲撃をおこなったにちがいない、とカセン殿下はお考えだとか。にわかには信じがたいが、あり得ぬことではない、というのが私の意見です」

「それ以外に筋の通った説明が?」

ブラザー・メイリグはかぶりを振った。

「なにもないのですか?」フィデルマが重ねて問うた。

「少なくとも、私には思いつきませんな」

「ではあなたは、トラフィン修道院長が想像なさっているように、修道士たちが黒魔術のごときものに巻きこまれ——闇の力のようなものに連れ去られた、などとは考えていらっしゃらないということですね」

ブラザー・メイリグは乾いた笑い声をたてた。

「闇の力が存在したとて、かようなつまらない策略を巡らせている暇があるならば、もっと別のことをするでしょうに、ブラザー・エイダルフ」

フィデルマの唇にかすかな笑みが浮かんだ。「たとえそれがなんであろうと、しかもいかに信じがたいものであろうと、あらゆる説明において、消去法で唯一残ったものが答えなのではないでしょうか」彼女はいった。「たとえそれが黒魔術であろうと」

「あなたのご評判を鑑《かんが》みれば、闇の領域などというものは、あなたが答えを追究なさる場所としては最もふさわしくないように思えますが、修道女殿」

「まあ、それは違いますわ、ブラザー・メイリグ。闇の領域こそ、邪悪と対峙《たいじ》するさいにまず調べねばならない場所です。悪しき状態となった人々の心の内とは、たとえていうなら闇の中のようなもので、あちらの世界のものたちが薄い煙のごとく漂っているのと同じなのですから」

ブラザー・メイリグは楽しげだった。「日の出とともに出発してペン・カエルに向かえば、明るいうちに到着できます。町で一泊し、朝になったらスァンパデルンへ向かいましょう。おそらくそれが最も安全でしょうから」

「安全?」フィデルマが言葉尻をとらえた。

「昨今、ペン・カエルには追い剥ぎが出ましてね。修道士であろうと容赦しない連中です」

「明日の道中、この土地についてもうすこし詳しく聞かせてください」フィデルマはいい、エイダルフとともに図書室をあとにした。

「さあ! あれがスァヌウンダです! ペン・カエルの領主の住まう場所です」

三人はほぼ馬に乗りっぱなしだったが、馬にはできるだけ無理をさせず、折を見ては止まらせて水を飲ませたり、昼食をとるために小休止をしたりと、ゆったりと旅を続けた。彼らの行く道は海岸線と並行して走っており、のどかな風景は変化に富んでいて、じつに印象深かった。道沿いは泥炭地や険《けわ》しい岩山、緩やかに起伏した耕作地や鬱蒼《うっそう》と木々の茂った谷、川の流れる渓谷や潮の干満によってあらわれる湿地、とさまざまな景色に彩られていた。ときには岸壁のすぐそばを通ることもあり、メイリグがそのたびに、絶えず波立つ海と陸との間の海岸を縁取るように聳《そび》え立つ岸壁を指さした。

午後も遅かった。空には薄灰色の雲がどんよりと立ちこめ、夕暮れも近かった。薄暗くひんやりとした空気がそれを物語っていた。坂をのぼりきった十字路で、ブラザー・メイリグが馬を止めた。表面に十字の刻まれた古い丸石の道しるべが、生け垣に埋もれていた。彼が、木々の合間からかろうじて見える建物の群れを身振りで示した。せいぜい一キロメートルほど先というところだ。

「あれがスァヌウンダです！」ブラザー・メイリグが繰り返した。

エイダルフにとっては、じつに発音が難しかった。「クラ、ヌウン、ダ」と発音するのが精一杯だった。「どういう意味なのです？」

「〝スァン〟は〝囲い地〟という意味です」ブラザー・メイリグが答えた。「このあたりの長《おさ》はグウンダといい、その名からつけられました」

「グ、ウン、ダ?」エイダルフは懸命に、発音どおりに繰り返してみた。

「そうです。グウンダです」

「向こう側に大きな山がありますね」シスター・フィデルマが口を挟んだ。「あれはなんという山です? あそこがスァンパデルン修道院のある山ですか?」

ブラザー・メイリグは首を横に振った。「違います、あれはペン・カエルといい、このあたりの地名の由来ともなっている山です。スァンパデルン修道院は、ここからですと南側にあたる、カルン・ゲッスィをすこしのぼった場所にあります。左手の、遠くのほうに山が見えますね?」

その方角は鬱蒼と木が茂っており見えづらかったが、かろうじて稜線が覗いていた。

「とりあえず町で宿を見繕いましょう。グウンダに直接頼むという手もある。そうすれば、スァンパデルンでの件について町の人々がどう思っているのか、噂話を拾うこともできましょう」

「たいへん結構です」フィデルマは認めた。「時間が許せば、あなたが判事として呼ばれた事件の調査のようすも拝見できればありがたいのですが。ダヴェドの法律に基づいた訴訟がおこなわれるのを、じっさいに目にするよい機会ですから」

「あなたがいらっしゃるならじつに心強い」ブラザー・メイリグも了解した。「お国の訴訟のようすとは多少異なりましょうが」

「あれはなんです？」エイダルフがふいに叫んだ。彼は、町を取り囲む木々の合間に異様に明るい光がともっているのを、じっと見つめていた。

「燃えているようです」ブラザー・メイリグが目をみはり、答えた。

「助けが必要かもしれません！」フィデルマは声をあげ、両の踵《かかと》で馬の脇腹を蹴ると、即座に馬を飛ばした。

「賊だったらどうするのです？」その背中に向かって、ブラザー・メイリグが必死に呼びかけた。「もっと慎重に近づくべきでは？」

だがフィデルマはすでに声の届かない場所におり、エイダルフもあとを追ってすでに駆け出していた。ブラザー・メイリグは諦めて天を仰ぐと、みずからも馬を駆った。あまり速度をあげるのは危険だったので、三頭の馬は緩い駆け足で森の中の小径《こみち》を抜けていった。やがて彼らの前に、町への入り口となっている、流れの速い川にかかった橋があらわれた。

「建物が燃えているわけではなさそうです」エイダルフが橋の上で馬を止め、呼びかけた。

彼のいうとおりだった。

橋を渡った先には建物に囲まれた広場があった。その中央に一本の木があり、人々の群れが三人に背を向けるようにして立っていた。男も女も子どもたちも、ぴくりとも動かずに立ちつくしており、男たちが高く掲げている、あかあかと燃えるたいまつの赤く不気味な光が、まるで巨大なひとつの炎のように見えていたのだった。みな声もたてず、動いて見えるのは、彼らの手にしたたいまつの揺らめく炎だけだった。ふと、寄り集まった人々の間に不安げなおののきが走った。物陰からふたりの男があらわれた。男をもうひとり、間に引きずっているようだ。三人めの男はもがき、自分を捕らえている手から逃れようと身体をよじっていた。泣きわめく声が、見守る三人にもはっきりと届いた。男は赤ん坊のように甲高い声をあげながら、半狂乱で泣き叫んでいた。

ブラザー・メイリグは、修道士にはおよそ不似合いな罵《ののし》りの言葉をちいさく呟くと、ふいに馬を進めて橋を渡っていき、広場に向かった。人々の群れは驚き、恐れおののいてちりぢりになった。

エイダルフはフィデルマを制止しようと声をかけたが、彼女はただ肩をすくめると、ブラザー・メイリグに続いて馬を進めた。エイダルフもしぶしぶ彼女にならった。

ブラザー・メイリグが馬を止め、フィデルマとエイダルフもその両脇で止まった。メイリグは先に気づいていたらしいが、今ここでなにがおこなわれようとしているのか、エイダルフは突然悟った。このもがいている人物を、寄ってたかってこの木に縛り首にしようとしているのだ。

「神の名にかけて、なにをしている？」メイリグが怒鳴った。「やめよ！」

人々はたじろいだが、中にはそれをものともせず、頑として動かぬ者たちもいた。じっさい、不運なる囚われ人を捕まえているふたりの男は微動だにしなかった。

がっしりとした体格の男が進み出て、渋い顔でブラザー・メイリグを見あげた。手にしたたいまつの明かりで、丸顔が赤く染まっている。大股に足をひろげ、今にも飛びかからんばかりに、空いているほうの手を腰に差したナイフの柄《つか》にかけている。

「あんたにゃ関係のないことだ、修道士様よ！　俺たちには構わずとっとと行っとくれ」

「大いに関係がある」ブラザー・メイリグは穏やかに、だが威厳を示すべく大きな声で答えた。「ペン・カエルの領主、グウンダをここへ」

ふたりめの男がひとりめの傍《かたわ》らにあらわれた。片手に棍棒《こんぼう》を握りしめたままだったが、どう見てもそれは威嚇《いかく》に間違いないようだった。

「グウンダなら、たぶん屋敷でお祈りでもしてるだろうよ、修道士様」

男は噛みつかんばかりに、吠えるような笑い声をあげながら、いった。

この会話に耳を傾けていたフィデルマは、〝スィス（屋敷）〟という単語に耳を留《と》め、それが自国の言葉でいう〝リヨス（屋敷）〟と同義であることに気づいた。単に住居という意味ではなく、長の住む、より宮廷に近い場所のことをあらわす言葉だ。英語ならば〝大邸宅《ホール》〟とでも翻訳するのが最も近いかもしれない。

ブラザー・メイリグは嫌悪の表情で男を見おろした。

「まさに今この場で無秩序なことがおこなわれているというのに、屋敷にいるだと？　この者が理由もなく危害を加えられているとなれば、長はグウラズィエンに対し、釈明をせねばなるまい」

丸顔の男はまばたきをし、棍棒を持った連れの男をちらりと見やると、ブラザー・メイリグに向き直った。

「理由はあるんだよ、修道士様」怒りのこもった声だった。「そもそも、王様の御名のもとに俺たちの領主様を脅そうなんざ、あんたいったいなにもんだ？」

「私は、おまえたちの領主であるグウンダの求めに従い、王よりこの地へ遣わされた者だ。聖デウィ修道院よりまいった、バーヌウルである」

このたびばかりは、丸顔の男もさすがに動じたようだった。両肩がわずかにさがり、素早くまばたきを繰り返し、落ち着かなげに足踏みをしていることからもそれがわかった。相棒である棍棒男もそわそわとしはじめた。ブラザー・メイリグはここぞとばかりに詰め寄った。

「その者をこちらへ連れてこい！」

彼は、囚人の腕を摑んでいるふたりの男に向かって、鋭い声で命じた。男たちは丸顔の男をちらりと見やったが、反応が得られなかったので、捕らえた男を両側から抱えたまま、ゆっくりと歩み出てきた。囚人はうなだれたまま、先ほどよりは静かになったものの、まだむせび泣いていた。

「年端もいかぬ若者ではありませんか」囚われの者をあらためて近くで見て、フィデルマが呟いた。そのとき、彼女は母国語でブラザー・メイリグに話しかけていた。丸顔の男が、不審そうなまなざしを彼女に向けた。どうやらこの男はアイルランド語を理解しているようだ。

「若かろうがなんだろうが、こいつは人殺しだ、だから罰するべきだ」彼はみずからの国の言葉できっぱりといった。

「しかし、このようなやりかたはわが国の罰則に反している」ブラザー・メイリグが返した。

「いったいどういうことかね？」

「こいつは、俺の娘を犯して殺したんだ！　これが復讐せずにいられるか！」丸顔の男は決然といい放った。

「復讐は御法度だ」ブラザー・メイリグの口調は辛辣《しんらつ》だった。「だが、おまえには審判を見届ける権利がある。名はなんという？」

「俺はヨーウェルス、鍛冶屋だ」

「この男の名は？」

「イドウァル」

「よかろう。鍛冶屋のヨーウェルス。われわれをグウンダの屋敷まで案内せよ。おまえたちふたりはその若者を連れてこい。くれぐれも危害を加えてはならぬ、さもなければそれなりの罰を受けることとなるぞ」有無をいわせぬ厳しい口調だった。ブラザー・メイリグはさらに、ヨーウェルスと彼を取り囲む一団を遠巻きに眺めている人々の群れを睨み据えた。「それ以外はみな家に戻れ」それから、すっかり勢いを失ったようすの、棍棒を持った男をちらりと見やった。「で、おまえの名は？」

男は暗い目をしたまま、いった。「イェスティンだ。このあたりで農場をやってる」

「よろしい、イェスティン、このたびの件におまえが関わっているのは、いかなる正当な理由があってのことだね？」

「ヨーウェルスは儂《わし》の友人なんだ」

「なるほど、ヨーウェルスの友よ、この者たちをそれぞれ安全に帰宅させることをおまえの義務とする。すこしでも不穏なようすやこれ以上の抵抗が見られた場合には……まあ、そのときはおまえに責任を問うまでだ。むろん、おまえとてそうはなりたくなかろう」

ブラザー・メイリグは彼にふたたび目を向けることなく踵《きびす》を返すと、ヨーウェルスと名乗った男に案内するよう促《うなが》した。丸顔の男はためらったのち、肩をすくめて歩きだした。ブラザー・メイリグは馬をおりることなく彼の後ろをついて行き、そのあとからふたりの男が、若者を急かしながら歩いていった。

エイダルフはしんがりを務めつつ、フィデルマを見やって苦笑いを浮かべた。「どうやらブラザー・メイリグは、思っていたよりも居丈高なかたのようですね」小声でいう。

フィデルマは渋い顔をした。「バーヌウルなのですから当然です」咎《とが》めるような口調で彼女は答えた。

一行は建物の間を縫うように進み、さほど遠くない、納屋や離れがいくつも建ち並ぶ囲い地までやってきた。背の高い建物がひとつ聳えている。そのつくりからして、ここが領主の大邸宅であることは間違いなかった。扉の前には男がふたり立っていた。ぞろぞろとあらわれた一行に驚いているようすだ。ひとりがヨーウェルスに気づき、前に進み出た。

「なにか用か?」

「バーヌウルをお連れした」彼は素っ気なく答えると、ブラザー・メイリグに向かって顎をしゃくった。

「領主はどこにおられる?」馬の背に乗ったまま、メイリグが問いただした。

男がちらりと屋敷を見やると、驚いたことに、もうひとりがくるりと背を向けて走り去った。残されたほうの男が、その背中に向かって悪態をついた。ブラザー・メイリグは鋭い口調でその男に命じた。「領主をここへ。早くせよ! 万が一、彼に危害が加えられでもしたならば、おまえとて禍《わざわい》からは免れ得ぬ」

男は扉に向かい、ノックをした。鍵はかかっていないようだった。扉が内側から開き、男はそそくさと闇の奥へ消えた。

しばらくして、頑丈そうな身体つきをした、顔じゅうに黒い髭を生やした男が戸口に姿をあらわした。ふい打ちに備えてでもいるように、右手に長剣を握りしめている。

「これはいったいどういうことだ?」彼は疑わしげに周囲を見わたすと、唸るような声でいった。「このグウンダに説明せよ!」

ブラザー・メイリグが馬上から身を乗り出した。「ペン・カエルの領主グウンダか？」

「いかにも」男は剣をおろさぬまま答えた。そこで相手が法衣をまとっていることに気づき、ふいに目をすがめた。

「私は聖デウィ修道院のブラザー・メイリグ、あなたの求めに応じてこちらへまいったバーヌウルだ。こちらは私の連れの、シスター・フィデルマとブラザー・エイダルフだ。おふたりともこの旅の間は、ダヴェド王グウラズイエンより特別な権限を与えられている」

グウンダは一瞬ぎくりとしたように見えた。それからヨーウェルスと、若者を捕らえているふたりの男の姿を認めると、剣の柄頭《つかがしら》に両手を置き、切っ先を目の前にある踏み段に軽く載せた。いくらか表情は和らいだものの、歓迎の微笑みとはとうていいいがたかった。

「もうすこしましなときにわが屋敷にお迎えしたかったものだ」

ブラザー・メイリグはひらりと馬からおりた。「お気遣いには及ばぬ、グウンダ、ただし、なぜそうではないのか説明いただければの話だが」

グウンダは苦々しげな表情を浮かべてヨーウェルスを見据えた。「ではおまえの謀叛《むほん》はこれで終わりというわけか、ヨーウェルス？」

「謀叛を起こしたつもりなどない」男はむきになって答えた。「正義を全《まっと》うするためだ」

「おまえの目的は復讐であり、おまえのしたことは謀叛だった。領主に対する謀叛だ。だがおまえが道を誤ったのは激情のせいだったのだろう、ゆえに気前のよいわたしは、あえておまえを見逃し、法に背いた罪を許してやることとする。家に帰るがよい、おまえの所業に対する〈賠償〉は追って協議する」グウンダはそこでふと、なにかに思い当たったかのようにブラザー・メイリグを振り向いた。「ただし、あなたの許可が得られればだが？」

「あなたは寛大な裁定をなさるかたとお見受けする、グウンダ」ブラザー・メイリグはいった。「しかし、まずご説明いただかぬことには、反対する理由すら見いだせませんな。とりあえずみな頭を冷やし、そこのふたりはその若者を連れていって、いずれ私が訊問するまで、安全な場所に閉じこめておくように」

グウンダはふたりの男に向き直り、鋭い声で命じた。「イドウァルを厩《うまや》に戻しておけ。それが終わったら、このお客人たちの馬を連れていき、充分に世話をしろといっておけ」彼は一同を見わたし、短く笑みを浮かべた。「屋敷へいらしてくれたまえ、ご友人がた、今宵《こよい》の不幸なできごとについて、わたしからできるかぎりご説明しよう」

「グウンダ様……」ふたり組の男の片割れが、まだもじもじと立ちすくんでいた。

「なんだ？」グウンダが怒鳴った。

「俺らは……罰せられるんで？」

グウンダはブラザー・メイリグに向かって顎をしゃくった。「弁明の機会はあるだろう。処罰については、こちらのバーヌウル殿の裁定しだいだ」

「けど、そもそもは鍛冶屋のヨーウェルスのせいでさ。あの男が俺らに……みんなに向かっていったんだ……自分に味方しろ、それが正義ってもんだ、って」

「みんなだと？」グウンダが嘲《あざけ》るようにいった。「もうよい。いずれ弁明の機会も来よう。さっさと与えられた仕事に取りかかれ、それとも謀叛の罪をさらに重く問われたいか？」

ふたりの男はうなだれて、若者を連れて立ち去った。メイリグとフィデルマとエイダルフはそれを横目に馬をおり、それぞれの手綱を手近な杭にかけた。グウンダは三人の先に立ち、屋敷へ入っていった。中には数人の女性がおり、みな隅のほうに固まって、新たな訪問者たちに怯えた視線を向けていた。

「そう怖がるな」剣を壁に戻しつつ、グウンダが朗《ほが》らかに呼びかけた。「こちらはバーヌウル殿とそのお連れだ。グウラズィエン王の宮廷より直々《じきじき》に遣わされたかたがただ」

黒髪の、可愛らしい十七歳くらいの若い娘が、差し迫った表情を浮かべて近づいてきた。

「娘のエレンだ」グウンダがいった。

娘はすぐさまブラザー・メイリグに声をかけた。「あの子は、イドウァルは無事なの？」

心配そうな声だ、とフィデルマは思った。

「無事だとも。彼とは親しいのかね？」バーヌウルが訊ねた。

グウンダが鼻息を荒くした。「娘があのような者と親しいわけがあるか！」

ブラザー・メイリグはそのままじっと娘を見ていた。だが特になにもいわず、ただ問うように両眉をあげた。

「マイルは友達だったの」娘はおずおずと口をひらいた。両頰が赤く染まっている。「イドヴァルのことは、このあたりの人ならみんな知ってるわ」

「そのようなことより、おまえはマイルがたどった運命と、彼女に対する正義を全うすることに関心を持て」グウンダは苦々しげに呟いた。「さあ、われわれは話があるから、おまえはもう出ていきなさい」彼は向き直り、声をあげた。「ビズォグ！　ビズォグはどこだ？」

金髪の、颯爽《さっそう》とした中年女性が進み出た。若い頃にはさぞ目を惹く美人だったにちがいなかったであろうし、その片鱗もいまだ失われてはいなかった。

「バーヌウル殿とお連れのかたがたに飲みものをお持ちしろ。もたもたするな！」グウンダの口調は、まさに横柄な主人が使用人を怒鳴りつけるときのものいいだった。

そのビズォグなる女性はふと立ち止まり、グウンダを睨みつけた。眼光は鋭く、そのまなざしには激しい憎悪がこもっているようにフィデルマには思えたが、連れはふたりとも気づいていないようだった。グウンダも、ブラザー・メイリグに座り心地のよい椅子を勧めている最中だったので、やはり気づいていなかった。ビズォグが自分の言葉どおりにしていないことに彼が気づいたのはそのあとのことだった。命じたことがなされていないことに疑問を抱き、彼は眉根を寄せた。

「客人がたは今すぐに飲みものをご所望だ、ぐずぐずするな！」彼はきつい声で怒鳴りつけた。

ビズォグはほんの一瞬ためらったのち、目を伏せ、ひとことも発さずにその場をあとにした。

そのときフィデルマは、エレンが戸口に佇《たたず》んでそのやり取りを見守っていたことに気づいた。彼女の傍らをビズォグがすり抜けていくさい、ふたりが意味深な視線を交わしたように見えた。エレンはくるりと踵を返すと部屋を出ていき、ばたんと扉が閉まった。なにやらいわくありげな背景があるらしい。フィデルマは好奇心をそそられた。ペン・カエルの領主の屋敷には張りつめた空気が漂っており、彼女はまるで蠟燭《ろうそく》の炎に誘《いざな》われる蛾《が》さながらに、その謎に惹きつけられた。

グウンダはフィデルマとエイダルフに、ブラザー・メイリグに対してと同様、燃えさかる暖炉の前の椅子を勧めた。やがてビズォグではなく、違う給仕の娘が地物の蜂蜜酒《ミード》の入った水差しを運んできて、それぞれの杯に注いだ。

「私どもは、じつに絶妙な頃合いに到着したようですわね」蜜《みつ》のように甘い蜂蜜酒をひと口飲むと、フィデルマはいった。「お見受けしましたところ、あなたはご自身の民の手によって監禁されていたのでしょうか」

グウンダは値踏みするような視線をちらりと彼女に向け、やがてゆっくりと頷いた。「謀叛を起こされたのだ」彼は苛立たしげに認めた。「怒りにわれを忘れ、道を誤った者たちの気持ちもわからぬではない。今回の事件に対しては、みな頭に血がのぼっている」

ブラザー・メイリグは深刻な表情で彼を見やった。「じつに度量が深くていらっしゃるが、グウンダ、謀叛とはじつにゆゆしき事態だ。このたびの暴動はいかにして起こったというのだね？」

グウンダはまるでその話題を追い払おうとでもするように、片手をひらひらと振った。「愚かで見境のない哀れなわが民は、わたしを含む屋敷の者たちを全員ここに監禁したのだ。そして、捕らえてあった者を勝手に連れ出し、処刑しようとした」

ブラザー・メイリグの表情は冷ややかだった。「法外きわまりない。彼らはあなたがた一家を監禁し、かの若者をあなたの保護下から力ずくで連行したというのか？　前代未聞だ」

ペン・カエルの領主のおもざしに険しい笑みが浮かんだ。

「前代未聞とあらば、このたびの事件は歴史に残すべきものとして書き留められることとなるだろう。この愚行を先導したヨーウェルスは、かの若者イドウァルに犯され殺された娘の父親なのだ。復讐が動機となったことは想像に難くない。冷徹な処遇はできぬ」

「じつに寛大でいらっしゃる」ブラザー・メイリグがいった。

フィデルマがここで割って入った。だがその声は鋭かった。「あの若者が犯人だ、とすでに判決をくだしていらっしゃるような口ぶりですわね、グウンダ。ならばなぜバーヌウルをお呼びになったのです？」

グウンダは憐れむような笑みを彼女に向けた。「そなたはこの国の者ではないのであろう、修道女殿。法律についてはのちほどご説明さしあげよう。法律とはじつに複雑なものでな」ブラザー・メイリグはきまり悪さを感じたのか、乾いた咳払いをした。「グウンダ殿、こちらのシスター・フィデルマは、キャシェル王の血を分けた妹君であるばかりか、ご自身の国においてはこのわたしと同等の地位であるドーリィーの資格を持つかたでもあるのだ。われらが王グウラズィエンが直々に、スァンパデルンでのできごとの謎を解明すべく、このかたに任務をお与えになった」

グウンダは赤面し、もごもごと口ごもった。

「私の質問にまだ答えていただいておりませんわ」フィデルマは容赦なく詰め寄った。「お話を伺っておりますと、まるであなたは、あの若者が犯人だと決めてかかっていらっしゃるかのようです」

ペン・カエルの領主は一瞬、不愉快そうな表情を見せた。「バーヌウルを呼んだのは、法を滞りなく遵守するためだ。だがあの若者が犯人だ、というわたしの意見は変わらぬ」

女使用人たちのひとりが軽食の載った盆を持って入ってきて、飲みものや食べものをテーブルに並べた。グウンダはここぞとばかりに、そちらの席に移るよう三人に身振りで示した。水差しに入った蜂蜜酒と水が食事に添えられていた。切り分けた肉やチーズ、塩味のパウンドケーキやオート麦のパンが皿の上に並んでいた。

その隙に、フィデルマはすかさず、会話についていけているかどうかとエイダルフに訊ねた。するとこのような答えが返ってきた。だいたいの流れは摑めている、だが正直をいえば、聞き手以上の役割としてじっさいに口を挟むには、自分の知識ではいささか心もとない、と。

グウンダは話の続きを始めていた。「それであなたがたは、修道士たちの失踪事件を解明すべく寄越されたということなのだな?」彼はフィデルマに向かって問うた。

「すでにお聞き及びかね?」ブラザー・メイリグが訊ねた。

「スァンパデルンはここからほんの三キロメートルしか離れていない。とある羊飼いが知らせに来るまでは、そのような話はいっさい聞こえてこなかった」領主はそこでふと考えこんだ。「じつをいえば」彼は口をひらいた。「町の外からわざわざやってきて、修道院がもぬけの殻だとわが屋敷の使用人に知らせに来たのはイドウァルなのだ。やつがマイルを殺した、まさにその日の朝のことだった」

「彼の話の真偽を確かめるために、誰か遣いをやりましたか?」

グウンダはかぶりを振った。「イドウァルのことづてを使用人のビズォグから聞かされたときには、すでにマイルは殺され、イドウァルは囚われの身となっていた。彼の身を案じたわたしは聖デウィ修道院に遣いをやり、判事を寄越してほしいと頼んだ。今朝になるまで、スァンパデルンの件は頭からすっかり消え失せていた。とはいえ、すでに時遅しではあったが」

「時遅し、とはどういう意味です?」フィデルマは問いただした。

「知らぬのかね？」グウンダは驚いたようすだった。「鍛冶屋のゴフの息子のデウィ少年が今朝、スァンヴェランからこの町へやってきて、修道士たちが海からやってきた襲撃者たちに攫《さら》われた、と告げに来た。近くの浜辺に、数人の遺体が放置されていたのだそうだ。おそらく、逃げようとして殺されたのであろう」

それを聞いて、誰もが無言だった。

ブラザー・メイリグが低い声で訊ねた。「殺害された者たちの中に、ブラザー・フリンの姿はあったのか？」

「聞いておらぬ。デウィ少年によれば、亡くなった修道士たちの遺体は、スァンヴェランの民によって埋葬されたそうだ。万が一、その中にブラザー・フリンの遺体があったとすれば、彼もそういっていたはずだ」

「では、その襲撃者たちが何者だったのか、スァンヴェランのデウィには見わけがついたというのですか？」フィデルマは静かな声で訊ねた。

「むろんだとも。サクソン人だったそうだ」

第五章

やがて沈黙を破ったのは、エイダルフがそわそわと身じろぎをする物音だった。とりあえず会話にはついてきているようだ。彼はフィデルマから視線をそらしていた。

「そのデウィという少年は信用の置ける証人ですか？」

グウンダは肯定のしるしに頷いてみせた。「彼の父親のゴフは評判のよい人物だ。話の真偽を確かめたいのならば、スァンヴェランにある彼の鍛冶場はここからさほど遠くない」

「あなたは、スァンパデルン修道院とは密に関わっていたのですか？」

「さほどではない。修道院長のクリドロ神父のことはよく知っていた。情に厚く、信心深く、物知りでもあった。だが修道士たちとはあまりつき合いはなかった」

「最初の知らせを持ってきたのはイドウァルだったとおっしゃいましたね？」フィデルマはしばし考えこんでから、おもむろに問いかけた。「つまり二日前のことですね？」

「修道院がもぬけの殻だ、とここの使用人であるビズォグにいっていたそうだ」

「じっさいになにを見たのか、イドウァルにも話を聞く必要がありますね」

「やつの証言など信用するに値せぬ」グウンダの口調は辛辣《しんらつ》だった。

その主張を耳にして、フィデルマの両眉がぴくりとあがった。「どういった根拠のもとにそうおっしゃるのです？　彼が現在置かれている状況によるものですか？」

「そうではない。修道士たちの姿だけがなかった、とイドウァルはいい張った。まさしく風に散る煙のごとく消え失せていたのだそうだ。暴力が振るわれた形跡はまるでなかったと。だがデウィが話していたように、スァンパデルンを襲撃したのがサクソン人ならば、暴行の跡が残っていないはずなどない」

フィデルマはそのことをじっくりと考えてみた。あえて口にはしなかったが、そのイドウァルの申し立ては、ブラザー・カンガーから聞いた話と内容が一致している。

「その日の朝、イドウァルはスァンパデルンにいたとのことですが、それは珍しいことだったのですか？」

「珍しい？　いや、やつは渡りの羊飼いなので、しじゅう山のあたりをうろついている」

「何度もお訊ねして申しわけないのですが、彼がその娘を強姦したうえ殺害したとされるまさにその日の朝に、知らせを持ってやってきたことは間違いないのですね？」エイダルフがここでようやく会話に入ってきた。彼がダヴェドの言葉でまともに話したのも、このときが初めてだった。発音には癖《くせ》があり、文法的にも完璧とはいいがたかったが、なんとか意味は通じた。グウンダは驚いたようすで彼を見やった。

「おや、てっきり口がきけないのかと思っていたぞ、サクソン殿。話せるのではないか。け

東京創元社のイチオシ海外ミステリ

8月中旬刊行

予測不能の「始まり」。驚嘆必至の「終わり」。

終着点

エヴァ・ドーラン
玉木亨 訳
【創元推理文庫】

疑惑に満ちた殺人事件が冒頭で描かれたのち、過去へ遡る章と未来へ進む章が交互に置かれ、殺しの発端とその終着点がとてつもない衝撃とともに明かされる。慟哭の傑作ミステリ。

真相の「その先」に、また驚く！

8月中旬刊行

極《きょく》夜《や》の灰

サイモン・モックラー
冨田ひろみ 訳
【創元推理文庫】

北極圏の米軍極秘基地で発生し、二名が死亡した火災。現場の遺体には不可解な燃焼度の差があった。精神科医のジャックは唯一の生存者と話し、調査を始める。謎が渦巻くミステリ長編！

舞台は謎と雪が降り積もる書店

雪山書店と嘘つきな死体

クリスティ書店の事件簿

8月下旬刊行

アン・クレア
谷泰子 訳【創元推理文庫】

雪山の奇妙な殺人事件。死の直前、被害者は山腹の書店を訪れ、クリスティ『春にして君を離れ』の初版本を残していた。書店主の姉妹と看板猫が謎に挑む新シリーズ！

〈ニューヨーク・タイムズ〉ベストセラー第1位のミステリ！

ほんとうの名前は教えない

※タイトルは仮題です

8月下旬刊行

アシュリィ・エルストン　法村里絵 訳【創元推理文庫】

生きるため、他人になりすましてきた“わたし”。だがパーティで会った人物が、自分そっくりで、自分の本名を名乗り、自分の経験を語ってきて……。大型新人の傑作サスペンス上陸！

東京創元社　〒162-0814 東京都新宿区新小川町1-5 TEL03-3268-8231
https://www.tsogen.co.jp/（価格は消費税10%込の総額表示です）

っしてうまくはないが、なんとか会話はできるというところかね」

「ブラザー・エイダルフはカンタベリー大司教の特使です」フィデルマは強い口調で指摘した。「私の信頼する友人でもあり、数か国語を話すことができます」

グウンダは見くだすような笑みを浮かべた。「そういえばカンタベリーのジュート人連中の間では、新しい大司教が立ったそうだな。確かギリシャ人ではなかったか？」

「無駄話をする前に、まず事件の究明が先ですわ」フィデルマがいった。「ブラザー・エイダルフが質問なさっていたはずですけれど」

ペン・カエルの領主は面倒くささそうに肩をすくめた。「おっしゃるとおりだ、サクソンの修道士殿。あれは、イドウァルがマイルを暴行したうえ殺害したまさにその朝のことだった」

「偶然ですか？」エイダルフが詰め寄った。

「偶然以外のなんだというのかね、サクソンの友人殿、ほかのなんだと？」

ブラザー・メイリグがわざと大きめの咳払いをした。「スァンパデルンの謎には明日、じっくりと取りかかればよかろう」断固たる口調だった。「それよりも、火急の用件であるこのたびの殺人事件についてもうすこし聞かせてくれぬかね、グウンダ、起こったできごとについて、あなたの知るところをひととおり話していただきたいのだが？」

「わたしの知るところ、とは？」

「すでにご存じの事実を話してほしいということだ。なによりもまず、殺害された者はいかなる人物だったのかね？」

グウンダは座り直し、両手を身体の前で組んだ。「殺されたのはマイルという少女だ。先ほどもいったとおり、この町で鍛冶屋をしているヨーウェルスの娘だ。たったひとりの娘だった。それどころか、彼にとってはたったひとりの子どもだったのだ。妻を亡くしているせいもあり、娘を溺愛していた。男も知らぬ、まだ十六歳の少女だったというのに」

ブラザー・メイリグが幾度か舌打ちをした。フィデルマがかすかに眉根を寄せているのに気づくと、彼は説明しはじめた。

「〈名誉の代価《オナー・プライス》〉(1)については、確か貴国にも同様の仕組みがありませんでしたかな、修道女殿。若い娘の〈名誉の代価〉、すなわちわれわれの呼ぶところのサルハエドは高額となる場合が多く、さらに申しあげれば、その〈名誉の代価〉の一部は王自身が負担することとなっております。王には、純潔なる少女の身の安全を護る責任があるとされており、すなわちそれがナウズです」

説明を聞きながら、フィデルマは軽く頷いた。「おっしゃるとおりですわ、メイリグ。まさにそれは、わが国の法律においてはスノードゥズ、すなわち〝〈王の後ろ盾《だて》〉〟と呼ばれるものと同じです。王の領土にあるすべての娘の純潔は彼の保護のもとにあり、万が一その保護が踏みにじられた場合には、賠償が支払われねばなりません」

「では、殺人事件の状況に話を戻してもよろしいかね？」ブラザー・メイリグが訊ねた。

グウンダは続けた。「イドウァルがやたらとマイルのそばをうろついていることにはみな気づいていた。身の程知らずめが」

「身の程知らず？」フィデルマは、彼の声色が変わったことにすぐに気づき、訊ねた。

「先ほどもいったが、イドウァルは渡りの羊飼いだ。しかも、どこの馬の骨ともわからぬ私生児なのだ。誰が父親で、誰が母親なのかすらわからぬ。生きている価値もない小僧だ。娘に近寄るな、とヨーウェルスもさんざんやつには警告していた。娘のマイルにも、やつには構うなと口を酸っぱくしていっていたらしい」

「それで、彼女はいうとおりにしたのですか？」

グウンダはその質問に驚いたようすだった。「マイルは従順な娘だった。先ほどもいったとおり、ヨーウェルスは鍛冶職人で、子どもは娘ひとりなので、そのうちいい結婚相手を見繕ってやるつもりだったようだ。おそらくカルン・スラニで金細工職人をしているマドッグのところへでもやるつもりだったのだろう」

フィデルマはブラザー・メイリグに向き直った。「こちらの持参金制度も、確か私どもの国と同じでしたわね？」

「ええ」彼は答えた。「殺人犯は被害者の家族、すなわちヨーウェルスに対しサルハエドを支払わねばなりません。さらに、ペン・カエルの領主に対してはアモブル[2]、グウラズイエン王に対してはディルウィ・タイスなる科料を支払う義務があります。このたびの事件における罰金および賠償金の総額は、かなりのものになるかと」

「それは、渡りの羊飼いが払うことのできる金額よりも大きいのですか？」簡素な文章で、エイダルフは今一度、なんとか会話に割りこんだ。

グウンダは素っ気なく片手を振った。「イドウァルの小僧にかような罰金など払えるわけがない。だからこそヨーウェルスが立腹している理由は、自分の娘が殺されたことにより生じる金額が支払われないから、というただそれだけのことなのだ」

「ではヨーウェルスはあれほど腹を立てているのですか？」フィデルマが即座に詰め寄った。

グウンダは首を横に振った。「むろんそればかりではなかろうが、この手のことによって怒りが増すことはけっして珍しくない。怒りのあまり、領主に対する忠誠心さえ頭からすっぽりと抜け落ちてしまったのだ。彼が仲間をいくるめてわたしをこの屋敷に監禁し、その隙にかの小僧を捕らえ、手っ取り早く罰を与えてしまおうとしていたまさにそのとき、あなたがたが到着したというわけだ」

「野蛮、かつわが国の法にも反している」ブラザー・メイリグが指摘した。

「だが傷つけられ、それ以外に報いを与える術《すべ》を持たぬ者を納得させるにはしかたあるまい」グウンダが答えた。

フィデルマが眉根を寄せた。「まるで、是認していらっしゃるように聞こえますが？」

グウンダの唇が薄笑いの形に歪んだ。だが胸の内が表情にあらわれたわけではなく、単に顔の筋肉が動いただけのことだった。

「法律上は認めるわけにはいかぬ。だが彼の気持ちはわからぬでもない。先ほどもいったであろう。ゆえにわたしとしては、たとえ謀叛《むほん》の罪において彼を裁かねばならずとも、そのおこないに対してことさら罰を強いるつもりはない」

「しかし、前例のない、法を無視した行為であることに変わりはない」ブラザー・メイリグは譲らなかった。

「殺人事件が起こった状況について、まだ説明していただいていないのですが」話が本題をそれて袋小路に迷いこんでいくのを見かねて、エイダルフがそれとなくいった。

ブラザー・メイリグは一瞬、不愉快そうに彼を見やったが、それがもっともな意見であることに、すぐに気づいたようだった。「おっしゃるとおりですな。法律に関する討論は、またのちほど繰りひろげるとしよう。このたびの殺人事件の状況を詳しく話していただけるかね、グウンダ」

ペン・カエルの領主は、それが考えるときの癖だとでもいうように鼻梁《びりょう》をさすった。「話すようなことはさほどない。二日前のことだ。先ほども申したが、イドウァルの小僧が町にあらわれ、スァンパデルンの修道士たちがいなくなった、とビズォグにいいに来たのだ。夜が明けて間もない時刻だった。ちょうどその頃、ヨーウェルスはマイルを、キライに住む親戚の家へ遣いに出した。一時間ほどして、マイルの父親の友人であるイェスティンがヨーウェルスの鍛冶場にあらわれ、マイルとイドウァルが森の中の小径《こみち》で口論していた、と告げたそうだ。ふたりが会うのをヨーウェルスが禁じているのを知っていたので、慌てて知らせに来たのだ、と」

「口論を目撃したのなら、なぜイェスティンは止めに入らなかったのだ？　娘の父親とは友人どうしなのであろう」ブラザー・メイリグが指摘した。

「それはイェスティン本人に訊いてくれ」グウンダが答えた。

「続きを」バーヌウルが促《うなが》した。「そのあとなにがあったのだね？」

「ヨーウェルスはかんかんに腹を立てた。彼は、イドウァルが二度と淫《みだ》らな真似などできぬよう叩きのめしてやる、と息巻いて、イェスティンを含め、町の男たちを数人連れて出ていった」

「淫らな真似？」フィデルマが訊ねた。「イェスティンは、彼らがいい争っているのを見た、としか話していませんよね？　なぜヨーウェルスはそれを〝淫らな真似〟と受け取ったのです？」

グウンダが彼女に向き直った。「繰り返すようだが、それは本人に訊いてくれ、修道女殿。わたしは聞いたままを話しているだけだ」

「ヨーウェルスらがイドウァルを探しに行ったと聞いたのはいつだね？」ブラザー・メイリグが訊ねた。

「あの朝、わたしはたまたま森にいた。すると、イドウァルがマイルの遺体のそばに立っていたのだ。こちらには気づいていなかったが、なにがあったのかは一目瞭然だった。あの小僧は怒りにまかせて拳《こぶし》を握りしめ、金切り声であの娘の名を叫んでいた。わたしがやつのほうへ歩いていこうとしたとき、ヨーウェルスとイェスティンが木立の間から近づいてくる気配がした。イドウァルもその物音を聞きつけたとみえ、踵《きびす》を返して駆け出そうとした。わたしは木の陰に隠れていたのだが、やつは偶然にもこちらへ向かって一目散に走ってきた。そこですれ違いざまに、やつの肩甲骨《けんこうこつ》のあたりを棍棒《こんぼう》で殴ると、やつは地面に倒れた。そこへヨーウェルスが仲間たちとともにあらわれた。彼らはあの小僧の所業を目にすると、今ここでぶち殺してしまえとわめいた。判事を呼んで判断を仰がねばならぬ、といい聞かせ、なんとかあの場は収めたのだが」

「ひとつはっきりさせておこう」ブラザー・メイリグがゆっくりと口をひらいた。「あなたはその若者の行為を目撃したというのですな、つまり……」

フィデルマが咳払いをして口を挟もうとしたそのとき、明らかにその言葉を奪うかたちで、グウンダがいった。「あの小僧は遺体のそばに立っていた。わたしが見たのはそれだけだ。しかしなにがあったのかくらいは馬鹿でもわかる」

「私の国においては、証言に関する法律が厳しく定められています。見ていないことがらを証言と認めることはできません」フィデルマは冷然といいわたした。

「そのことはわが国でも法に定められております、修道女殿」ブラザー・メイリグも賛同した。「証言者個人の意見や解釈といったものは証言としては認められません。グウンダもそれは充分承知しているはずだ。判事は証言をもとに判決をくださねばならぬ。で、その少女はいかにして殺害されたのかね？」

「性的暴行を受け、そののちに絞殺されていた。首に痣《あざ》があったそうだ。遺体を検分したのはこの町の薬師《くすし》のエリッスだ。彼によれば、かなり強い力で首を絞められており、呼吸困難となって死に至ったのだろう、とのことだった」

「殺害される前に性的暴行を受けていたとおっしゃいましたが、ではその薬師はいかなる根拠のもとに、彼女が処女《おとめ》であったという判断を導き出したのです？」フィデルマは詰め寄った。

その話題を持ち出され、グウンダは明らかに一瞬うろたえたように見えた。「血だらけだったそうだ……つまり、衣服の下腹部のあたりが」

「あなたがそばまで行ったとき、遺体はまだ温かかったですか？」相手が聞き取りやすいよう、ひとつずつ単語を並べながら、エイダルフが今一度訊ねた。

愚か者でも見るような目つきで、グウンダが彼を見据えた。

「ブラザー・エイダルフは、あなた自身もじっさいに遺体を調べたのか、と訊きたいのだろう」ブラザー・メイリグが説明を添えた。

「わたしは遺体には触れていない。あの娘は死んでいた。調べずとも、ひと目見てわかった」

「ではその少女は、あなたがふたりのもとへ行った時点で、さらにそれよりもしばらく前に死んでいた可能性も否定できない、ということですね?」エイダルフが指摘しようとしている点にいち早く気づき、フィデルマが訊ねた。

「あの小僧は遺体の傍らに立っていた。殺したばかりだったのは一目瞭然だ」

「私どもにとっては、そうではありません」フィデルマはため息をついた。「あなたは殺害現場を目撃したわけではありませんし、あなたの見たものはいかようにも解釈できます。彼女を殺したことを、イドウァル本人が認めたのですか?」

「むろん認めておらぬ」

「むろん、とは?」

「殺したことをわざわざ自白する者などいるわけがない」

「つまり、殺していないと彼はいっているのかね?」ブラザー・メイリグは不愉快そうにいった。「強姦については認めているのか?」

「それもやっていないそうだ」

「では、彼は一貫してマイルの死には関わっていないと主張しているのですか?」フィデルマが詰め寄った。

グウンダはゆっくりと頷いた。

「なにか釈明は？」エイダルフが訊ねた。「彼はことのしだいをどう話しているのです？」

グウンダは答えに詰まった。

「釈明の機会はむろん与えてやったのだろうな？」ブラザー・メイリグが懸念をあらわにした。

グウンダは三人のおもざしに浮かんだ、責めるような表情を見やった。「与えておらぬ」彼は認めた。「法律をよく知らなかったのだ」

短い沈黙を、フィデルマの言葉が破った。「あなたが遺体にじっさいに触れ、死後どのくらいの時間が経っているのかを調べようとなさらなかったのは残念至極です。そうしてくださっていれば、それが手がかりとなったかもしれませんのに」

グウンダは耳障りな笑い声をあげた。「ともかくあの小僧が犯人だ」

「だとしても、なにかしらの手がかりが得られたのでは？」フィデルマは冷ややかにいい返した。

ブラザー・メイリグが顎をさすりながら、苛立たしげに眉根を寄せた。「まるで誰もかれもが、ろくに聞きこみもせずにその若者を糾弾《きゅうだん》しているようだ。なにが動機だったといわれているのかね？　彼はなぜその少女を殺害したのだ？」

「わかりきったことだ」グウンダが答えた。「振られた腹いせにきまっている。袖にされて逆上したあげく彼女を手籠《てご》めにし、そこでわれに返って、犯した罪に気づいて彼女を殺したのだ。ほかに考えようがない」

そのような答えが返ってくるだろうとはフィデルマも予想していた。「マイルは従順な娘だった、とあなたは断言しておられますが、イドウァルがほんとうに彼女にいい寄ったのだとして、彼女のほうがそれを拒んだのかどうかはわからないのでは？」

グウンダは疎《うと》ましげに彼女を見据えた。「もはや抗《あらが》う術を持たぬ者に責任をなすりつけようというのか。それではこの地では歓迎されまい」

フィデルマは表情ひとつ変えなかった。「かように受け取られたのでしたら申しわけありません、ペン・カエルのグウンダ。私はけっして根拠のないまま話しているわけではございませんし、ブラザー・メイリグのご質問も、真実を確かめる目的があってのことでしょう。真実を突き止めるためには、質問がなされ、答えが得られなければならないのです。中にはご不快な質問もございましょう。質問ではなく、むしろ答えのほうが不愉快だということもままあります」

ブラザー・メイリグが椅子から立ちあがり、憂鬱《ゆううつ》そうに首を振った。「それに関しては、わたしもシスター・フィデルマの意見に賛成ですな。どうやらわれわれは間一髪のところで到着し、この事件を適切な法のもとに裁くのに間に合ったようだ。そのイドウァルなる若者には訊問せねばなるまい。しかしもう日も暮れている。われわれもそろそろ、今夜の宿を見繕わねば」

「ならばぜひ、わが屋敷にお泊まりくだされ」フィデルマに関してメイリグがそこまでいうならと、グウンダはへりくだって、いった。

「ではお言葉に甘えて」ブラザー・メイリグが、そこにいる全員に向かって答えた。

「必要なものがあればビズォグにいいたまえ。わたしは独り身のうえ、娘はまだ家の切り盛りをするには幼い。ビズォグがすべて取り計らうだろう。わたしは、今夜ヨーウェルスが起こしたペン・カエルでの騒動について、本人と話し合ってこねばならん」

「休む前に、イドウァルという若者に話を聞きたいのですが」フィデルマは慌てて呼びかけた。

「ではビズォグに、やつを閉じこめてある厩《うまや》まで案内させよう。今宵《こよい》はとりわけ暗い」

第六章

　ビズォグは戸口で待っていた。彼女は力強い両手で明かりを高く掲げながら、先に立って中庭を横切り、闇に包まれた厩《うまや》へ一行を案内した。女性らしいたおやかな手ではないのだな、とフィデルマはふと思った。ビズォグの手は、まるで手仕事を重ねてきたかのように、硬そうでごつごつとしていたからだ。こちらにはまったく気を許していないようだった。話しかければ返事はするものの、まるで突っかかるように顎を突き出し、せいぜいふたこと三言を口にするだけだった。

「この家を切り盛りするようになって長いのですか、ビズォグ？」中庭に足を踏み入れながら、フィデルマは朗《ほが》らかに訊ねた。

「それほどでは」

「では、数週間くらいですか？」フィデルマはからかうようにいった。曖昧《あいまい》な返答は彼女の最も嫌うところだったからだ。

　この使用人が唇をかすかに結んだのを、フィデルマは見逃さなかった。

「私がこの家に入ってから、二十年になります」

「ずいぶんと昔からいらっしゃるのですね。ではまだ少女の頃に、使用人としてこの家に入ったということですか？」

「私は捕虜でした」女の答えは簡潔だった。「生まれはケレディギオンです」

一行は厩の扉の前にいた。ビズォグは閂《かんぬき》に手をかけ、ブラザー・メイリグに向き直った。

「どうぞこの角灯《ランタン》をお持ちください、修道士様。中庭ならば知り尽くしておりますし、暗くとも帰り道には迷いませんので」

ブラザー・メイリグは角灯を受け取った。

女はふとためらったのち、低い、だが熱のこもった声でバーヌウルにいった。「マイルがほんとうにあの若者に殺されたのなら、自業自得ですわ！」

そういい残すと、彼女は踵《きびす》を返して暗がりに姿を消した。

驚きに包まれた静寂を、フィデルマが破った。「私が思いますに、修道士殿、ビズォグにはのちほど、思うところを説明してもらわねばなりませんね」

ブラザー・メイリグは静かにため息をついた。「そのとおりですな、修道女殿。どうやら彼女にはみずからの見解があるようだ」

イドウァルなる若者は、空《から》の馬房に鎖で繋《つな》がれていた。彼らが入っていくと若者は可能なかぎりあとずさり、まるで怯えた動物のように隅に身を寄せようとした。だが両手を後ろ手に縛られ、片方の足首を鎖に繋がれたままだったので、あまり遠ざかることはできなかった。

フィデルマは不快感もあらわに鼻筋に皺《しわ》を寄せた。

「ここまでの扱いをする必要があるのですか?」強い口調だった。

ブラザー・メイリグは、若者の縛《いまし》めを緩めるという考えには首を縦に振らなかった。「もしこの若者が殺人犯ならば、自由にしてやるわけにはいかんのです。危害を加えられかねませんのでね」

「もし、とはどういうことですの? では殺人犯でなかったならばどうするのです?」フィデルマが詰め寄った。

「これまでに得られた証言を鑑《かんが》みるに、その主張はまず受け入れられぬでしょうな」意見にもの申されたのが気に入らないとみえ、ブラザー・メイリグが答えた。

「これまでに得られたのは、まだ証言の一部にすぎません」フィデルマは指摘した。

ブラザー・メイリグは苛立っていた。みな、一日じゅう旅をしてきて疲れ果てている。

「よろしいでしょう。この訊問を終えたらグウンダに申し入れておこう」

彼が足を踏み出すと、イドウァルはふたたび獣めいた悲鳴をあげ、身を縮めてあとずさり、殴られるのを避けるかのように顔を背けた。

フィデルマはブラザー・メイリグの腕に片手を置いた。「差し支えなければ、私に訊問させてください、ブラザー・メイリグ。この地では私に発言権はなく、あなたの寛大さに甘えていることは重々承知しておりますけれど、私が訊問したほうがこの若者も答えやすいのではないでしょうか」

ブラザー・メイリグは異議を唱えようとした。フィデルマはいささか出しゃばりすぎで、彼の領分が侵されはじめているような気もした。だが彼は聡明な男だったので、確かに女性が相手をしたほうが若者も口をひらきやすいのではないかと思い直した。そこでそのように彼女に身振りで示すと、自分は近くにある干し草のかたまりの上に座った。エイダルフも同様に腰をおろした。そのすぐそばに乳搾《ちちしぼ》り用の三脚椅子があった。フィデルマはこの椅子を運んできて、若者の傍《かたわ》らに座った。

「イドウァルですね?」彼女は優しく話しかけた。

若者はびくりとあとずさり、恐怖に見ひらいた目で彼女を見つめた。イドウァルが知性に恵まれた若者でないことは、フィデルマにも即座にわかった。やや頭が鈍いようだ。なによりも、彼は怯えきっていた。

「危害を加えるつもりはありません、イドウァル。いくつか質問に答えてもらいたいだけです」

若者は、それが真実なのかを確かめるかのように、彼女の表情をまじまじと見つめた。

「あの人たち、おいらを痛めつけたんだ」彼はか細い声でいった。「おいらを殺そうとしてた」

「私たちはけっして、あなたを痛い目に遭わせたりなどしませんよ、イドウァル」

若者は決心がつかぬようだった。「あんた、ここの人じゃあ――カムリの人じゃないみたいだけど？」

「私はグウィズェルです」彼女は、カムリの言葉で〝アイルランド人〟をあらわす単語を用い、いった。

イドウァルは彼女の肩越しに、ブラザー・メイリグとエイダルフのほうをちらりと見やった。彼がふたりに素早く目を走らせたのを、フィデルマは見逃さなかった。

「そこにいらっしゃるブラザー・メイリグは、あなたに対してなされた訴えを聞くため、この地へいらしたバーヌウルです。私は、あなたにいくつか質問をするよう、あのかたに頼まれています。私たちは、あなたの力になりたいのです。もうひとりのエイダルフは私の連れです。私たちがここへ来たのは、あなたを救いたいからです」

若者はしばらくすすり泣いていた。「寄ってたかっておいらを殺そうとしたんだ。ヨーウエルスもイエスティンもほかの人たちも。みんな怒ってた。みんなでおいらを木に吊して、縛り首にしようとしたんだ」

「確かにみな頭に血がのぼっていましたが、あのようなことはけっして許されることではありません」フィデルマはいった。「私たちが通りかかってそれを止めたのです。憶えていますか？」

イドウァルはメイリグとエイダルフを目の端でちらりと見ると、フィデルマに視線を戻した。「憶えてるよ」しぶしぶながら彼は認めた。「うん、そうだった」

「それはなによりです。では彼らが、マイルを殺したのはあなただといっているのは知っていますね？ その少女をあなたが無理やり乱暴して殺した、と。そのことは理解していますか？」

イドウァルは慌てて首を横に振った。「違う、違う、違う！ おいらじゃない。おいらはマイルが大好きだったんだ。あの子のためならなんだって……」

「マイルの父親のヨーウェルスから、娘には近づくなといわれていましたね？」

若者はうなだれた。「いわれてた。ヨーウェルスはおいらのことが嫌いなんだ。おいら、スァヌウンダじゅうの人たちに嫌われてるんだ」イドウァルの声からふいに感情が消え失せ、抑揚のない話しかたになった。彼はただ淡々と事実を述べたままでだった。

「嫌われてる？ どうして？」フィデルマは問いただした。

「貧乏だからかな。父ちゃんのことも母ちゃんのことも知らないし。みんながおいらを薄馬鹿だと思ってるからかも」

「けれどもあなたはここの生まれなのでしょう？」フィデルマがそう問いかけたのは、彼女の属する社会においては、弱者はかならず地域の共同体によって面倒を見ることになっており、能力や手段を持たぬ者に怒りの矛先を向けることはまずあり得なかったからだ。

イドウァルは眉をひそめ、答えた。「生まれたとこなんておいらだってわかんないよ。育ったのはガーン・ヴェハンのヨーロの家だけど。ヨーロは羊飼いでさ。でもほんとの父ちゃんじゃなかった。ほんとの父ちゃんのこと、ヨーロは最後まで教えてくれなかった。ヨーロが死んじゃって、ヨーロの弟のイェスティンに追ん出されちまったから、それからはずっとひとりぼっちでさ」

「イェスティン？」口を挟んだのはエイダルフだった。「聞きおぼえのある名前ですね？」

フィデルマは諌《いさ》めるようなまなざしをちらりと彼に向けた。「イェスティンというのは、先ほどあなたに罰を与えようとしていた、あのイェスティンですか？」

イドウァルは即座に頷いた。「イェスティンはおいらを目の敵にしてるんだ」

「ヨーロは死んだといいましたね。なぜ死んだのです？」

「海から襲ってきたやつらに殺されたんだ」

「海から襲ってきたやつら？」

イドウァルは肩をすくめ、かぶりを振った。

「あなたとマイルの間になにがあったのか話してください」フィデルマは続けた。「なぜあなたが彼女を殺した、と訴えられることになったのです？」

「マイルはほかの連中みたいにおいらをいじめたりしなかった。普通に仲よくしてくれたんだ。優しい女の子だったのに」

「彼女のことが好きだったのですね？」

「もちろんだよ」

「どんなふうに好きでしたか？」

若者はその質問に戸惑いを見せた。

「友達だったんだ」彼はきっぱりといった。

「それ以上のことは？」

「それ以上、って？」若者はてらいなく答えた。

フィデルマは唇を真一文字に結ぶと、若者の、悪意のかけらもない瞳をじっと覗きこんだ。

「彼女の遺体が発見される前のことですが、あなたと彼女がいい争っているのを見ていた人がいます」

イドウァルは顔を赤らめ、視線を落とした。「そのことは秘密なんだ」

「秘密というわけにはいきません、イドウァル」彼女はぴしゃりといった。「あなたが彼女といい合っているところが目撃されていて、そのあとで彼女が遺体で見つかっているのです。そのいい争いがもとであなたが彼女を殺したのだ、といわれかねないのですよ」

「だって、誰にもいわないって、マイルと約束したんだ」

「ですが彼女はもう亡くなっています」フィデルマは指摘した。

「でも約束は死んでない。ふたりだけの秘密なんだ」

「彼女が死んでなお隠さねばならないようなことなのですか？」

「おいらは殺してなんかない」

「ではなにがあったのです?」

若者は言葉を選びつつ答えた。「マイルから、あることをしてほしいって頼まれたんだけど、おいらは嫌だっていったんだ。そしたら……」

フィデルマがすぐに目をすがめた。「それがいい争いの理由ですか? 彼女になにか頼まれたけれども、あなたは断ったのですね?」

イドウァルはうろたえたようにまばたきを繰り返した。「無理やりいわせようってのかい? なにを断ったかなんて、絶対にいわないよ」

「事件の真相を突き止めようとしているだけです。ほんとうのことさえ話してくれれば、あなたはなにも怖がる必要はありません」

「全部ほんとだよ。おいらは殺してない」

「彼女になにを頼まれたのです?」フィデルマは執拗《しつよう》に詰め寄った。

若者は口ごもった。やがてちいさなため息をひとつついた。「手紙を渡してくれっていわれたんだ。いえるのはそれだけだよ。だってそれ以上は誰にも喋らないって誓ったんだ。あの子に、マイルに、誓ったんだから。誓いは破れないよ」

フィデルマは一旦座り直して考えこんだ。「そこまで厳しい誓いを立てねばならないとは、その手紙にはさぞかし重大な秘密が隠されていたのでしょうね。あなたは断ったそうですが、なぜそれでいい争いになったのですか?」

「手紙なんか渡してやりたくなかったんだ。よくないことだって思ったから」イドゥヴァルがつい漏らした。

「なぜよくないのですか？」フィデルマは詰め寄った。

「これ以上はいえないよ」イドゥヴァルはなかなか強情な若者のようだ。

「あなたが殺したのではないならば、なぜ彼女の遺体のそばにいたのですか？」フィデルマは攻めかたを変えることにした。「さあ、イドゥヴァル、ごまかさずに話してください」

若者はしかたなさそうに肩をすくめてみせたが、両手を後ろ手に縛られているので、動きはままならぬようだった。「喧嘩《けんか》になって、マイルとはその場で別れたんだ。むしょうに腹が立ってさ。友達だったし、あんなに優しかったのに。だけど、いくら頼まれたってあんなことできないよ。おいらは座りこんで、しばらくひとりで考えこんでたんだけど、やっぱり謝りに行こう、って思って……」

「ひとりで座っていたのはどのくらいの時間ですか？」

「どのくらいかな。だいぶ長いこと座ってた」

「そして彼女を探しに戻ったのですね？」

「マイルは、別れた場所からすこしだけ離れたとこにいた。眠ってるみたいに見えた。寝てるだけだって思ったのに」イドゥヴァルは涙声だった。

「しかも血まみれで？」ふいにブラザー・メイリグが口を出し、フィデルマはほんの一瞬だけ苛立ちをあらわにした。

「血なんて出てなかった」若者が答えた。「だから寝てるんだって思ったんだ」

ブラザー・メイリグは干し草のかたまりから身を乗り出した。「しかしグウンダによれば、薬師《くすし》の証言では、彼女の衣服には血痕があったそうだ」彼は若者にというよりも、むしろフィデルマに向かって指摘した。

「服に血はついていなかったというのは確かなのですか、イドウァル？」

若者は懸命に思いだそうとしてか、瞼《まぶた》を閉じた。「ついてなかった」彼はきっぱりといった。

フィデルマはブラザー・メイリグをちらりと見やった。

少女は処女《おとめ》だった、とグウンダは話していた。では強姦されたならば、報告にあったとおり、下半身の衣服には血痕が認められたはずだ。

「そのあとあなたはどうしましたか？」この件はひとまず置いておくとして、彼女は促《うなが》した。

「なんとかならないかって思って、そばに膝をついてしゃがみこんだ。死んでるのがわかった。おいらは立ちあがった。なんだか……」うまくいいあらわす言葉が見つからず、彼は口ごもった。「そしたら怒鳴り声がしたんだ。茂みをかき分けて、町の人たちがおいらのほうへ向かってきた。だから怖くなって逃げたんだ」

「それから？」

「がつんとやられたのは憶えてる。地面に倒れたら、グウンダ様が棍棒《こんぼう》を持っておいらを見おろしてた。それからほかの人たちも集まってきて、おいらを殴ったり蹴ったりしたんだ。それで、たぶん長いこと気を失ってた。目が覚めたら、縛られてここにいたんだ」

「ほかにはなにも憶えていないのですか？」

「ここに閉じこめられて、どのくらい経ったのかもぜんぜんわからない。たぶんまる一日は経ってると思う。ビズォグが水を持ってきてくれたよ。気の毒だけれど、とかなんとかいってたっけ。そういや、ずいぶん長いことなんにも食べてないや。それで、今日の夕方頃、イェスティンがほかにもふたり連れてきて、おいらはおもてに引っ張り出されて、広場の木のところまで引きずられてったんだ……そしたらあんたたちが来てくれた」

フィデルマは背筋を伸ばして座ったまま、無言で若者を見つめた。ブラザー・メイリグを見やると、バーヌウルは眉間に皺を寄せていた。彼はくい、と頭で扉のほうを指し示した。

フィデルマはふたたび若者に向き直った。「あなたがしなければならないのは、イドウァル、真実を話すことのみです。ここまで話してくれたことはすべて真実であると誓えますか？」

イドウァルは視線をあげてフィデルマを見た。「神様に誓うよ、修道女様。誓う。おいらは殺してない……マイルは友達だったんだ。親友だった」

「彼女があなたに預けようとした手紙がどんなものだったのか、やはりどうしても話してはもらえませんか？」

「マイルに誓ったんだ。手紙のことは秘密にするって。誓いは絶対破れないよ」

フィデルマは彼の肩を軽く叩くと立ちあがり、ブラザー・メイリグとエイダルフのあとから扉に向かった。

「嘘をついているようには見えませんが」ブラザー・メイリグはしぶしぶながら、低い声で認めた。「彼がひとつ供述するごとに、次々と疑問が湧くばかりだ」

「同感です。ここまでのところは、彼は真実を話していると思います」フィデルマは答えた。

「やはりあなたも、彼にはまだ隠している真実があるとお思いで？」

「口論の原因になるほどの手紙とは、いったい彼女はどのようなものを託そうとしていたのでしょう？」

「彼が嘘をついている可能性はないですかね？」エイダルフがそれとなくいった。

「なんのために？　あの若者は明らかに、年齢のわりに心が幼いようです。あのようなつくり話を考えつくことができるとは、私には思えません」フィデルマは答えた。

「それにしても奇妙です。けっして口を割らないと誓わせるほどの重要な手紙とは？」

ふと沈黙が漂ったが、やがてエイダルフが考えを巡らせつつ、口をひらいた。「最も不可解なのは、少女の衣服に血はついていなかったというイドウァルの主張です。それこそ彼女が性的暴行を受けたことを示すしるしだ、とグウンダおよび薬師はいっています」

「その点は、薬師にあらためて訊問せねばなりませんね。なんという名前でしたか？　エリッスでしたかしら？」フィデルマも賛同した。

「イドウァルの話からすると、彼はマイルとは恋仲でも……その手前の状態でもなかったのは明らかです」ブラザー・メイリグがいった。「しかし、薬師の証言によれば性的暴行の跡があったという。衣服にあった血痕の位置がそれを裏づけている、と」

「例の秘密の手紙とやらについても、もうすこし探ってみる必要がありそうですね」エイダルフがいった。「こうした手紙というのはたいがい恋文のことです。マイルには恋文を送るような相手がいたということでしょうか？　イドウァルが断った理由はそこにあるのでは？」

フィデルマは驚いた顔でエイダルフをしばし見つめ、やがて顔をほころばせて賞賛の笑みを浮かべた。「エイダルフ、あなたにはときどき、私の見えていないものがきちんと見えていることがありますのね」

ブラザー・メイリグは興味をそそられたようだった。「それが恋人に宛てた手紙だったとすれば、イドウァルは、マイルに劣情を抱いていたわけではないにせよ、好意を抱いていたことは認めていたわけだから、嫉妬《しっと》にかられ、つい暴力に訴えてしまった可能性も否定できぬのでは。今すぐあの若者に訊ねてみましょう」

フィデルマはふたたび厩に足を踏み入れた。「イドウァル、もうひとつ訊きたいことがあります。その手紙というのは――」

若者は梃《てこ》でも動かないという表情だった。「もうなにも話せないよ」

フィデルマは、穏やかだが自信に満ちた声でいった。「いいでしょう。ですがおそらく、あなたが手紙を渡すのを断ったのは、マイルの恋人をよく思っていなかったからではありませんか？　そうですね？」

まさに求めていた答えが、イドウァルの表情には浮かんでいた。

「どうです、イドウァル」彼女はさらに優しく話しかけた。「真実はおのずと姿をあらわすものなのです。それは誰なのですか？」

若者はかぶりを振った。「誓ったんだ」

「その名前を私に話すかどうかで、あなたの未来が決まるかもしれないのですよ」

「でも誓ったんだ」

フィデルマは持ち前の鋭い判断力で、これ以上強いても無駄だと悟った。「わかりました、イドウァル。ではしかたがありません」

彼女は頭を振り振り、戸口にいるブラザー・メイリグとエイダルフのところに戻った。

「エイダルフの読みどおりでした。あの若者は頑として口をひらきませんでしたが、私が、その手紙とはマイルの恋人に宛てたものだったのではないか、と問い詰めたときの表情が真実を語っていました。ですが、けっしてその名を明かそうとはしません」

「ひとつ見落としている点があるのでは」ブラザー・メイリグが指摘した。「この、名の知れぬ恋人とは――精神的な恋人の意味であり、肉体関係のある恋人ではない。彼女は処女《おとめ》であったと証言されています。とはいえ、それがかの若者の動機を否定するものとはならぬでしょう。彼を拒絶し、ほかの男に心を許した彼女に対する復讐だったとも考えられます」

「ともかく、調査を進めるにしても、朝まで待ったほうがよさそうですわね」フィデルマは答えた。「粘っても、今夜はイドウァルも誓いを破る気にはならないでしょう。ひと晩頭を冷やして、ゆっくり考えさせてやるべきだと思いますわ」

三人は厩をあとにしたが、外に出るとブラザー・メイリグがふと足を止めた。掲げた角灯の明かりに照らされた彼のおもざしは不安げだった。「あるいは、あの若者はわれわれが考えているよりも狡猾《こうかつ》なのかもしれない。まさか誤った方向へ導かれているのでは」

「しかし、彼が真実を語っているとすれば」フィデルマは答えた。「イェスティンが見かけたという、あのふたりの口論の理由の説明ともなりますし、イドウァルの肩を持つならば、誰か別の者が、彼女の死にまつわる動機を持っていたという立証にもなり得ます」

ブラザー・メイリグは煮えきらないようすだった。

「今の段階では」フィデルマは励ますようにいった。「正しい答えにも、ふさわしい人物にふさわしい質問を投げかけることにも、まだ到達する必要はありません。確か、グウンダの娘のエレンは、マイルと仲がよかったと話していましたね？　イドウァルのことも心配していました。ひょっとすると彼女がなにか知っているのでは？　とはいえ、差し出がましいようですが、彼女に訊問するのであれば、グウンダのいないところでなさるのがよいかと思います。この事件に娘が関わることを、グウンダは愉快に思っていないようですから」

ブラザー・メイリグは感心したように彼女を見やった。「それと、あのビズォグという使用人は」彼がつけ加えた。「マイルに対してかなり辛辣《しんらつ》でしたな」

「むろん忘れてはおりませんわ。部屋で休む前に、すこしだけ彼女に話を聞きにまいりましょう」

ビズォグは厨房《ちゅうぼう》で、鶏を絞めている最中だった。三人が入っていくと、彼女は不機嫌そうな表情でちらりと目をあげ、大きな両手で、鶏の長い首をぐい、とひねってとどめを刺した。彼女がそれを脇に置くと、そこにはすでに三羽の死骸が、翌日の食事のために羽をむしるばかりとなっていた。

「お部屋にご案内します」彼女は立ちあがり、布で手を拭きながらいった。

ブラザー・メイリグは答えるかわりに、囚われの若者に食事を与え、縛めを解いてやってはどうかと彼女にいった。

「食事は私が運んでおきます」女は冷めた声で答えた。「縛めについてはグウンダ様にお訊ねください」

「ではそのように」ブラザー・メイリグはいった。「あなたに訊きたいのだが、先ほどの、マイルが死んだのは自業自得だ、というのはどういう意味かね?」

ビズォグのおもざしがわずかに歪んだ。「私個人の意見を述べたまでですわ」それ以上話すつもりはないようだった。

「ならば、その意見はなにに基づくものなのですか?」フィデルマが詰め寄った。

ビズォグはふと口ごもった。唇を引き締め、やがて蔑《さげす》むように顔を歪めた。「あの娘が尻軽で、ものにできそうな男たちに色目を使っては火遊びしていたということは、町の人間ならば誰でも知っています」

「つまり、彼女は奔放だったというのですか?」フィデルマは訊ねた。

「奔放な処女《おとめ》、だと? ずいぶんと矛盾しているように聞こえるが」ブラザー・メイリグが呟いた。

「処女《おとめ》?」ビズォグが乾いた笑い声をたてた。

「違う、というのかね?」

「意見を述べたまでです」使用人は答えた。「私には医学の心得などございませんし」

「彼女はどういった男性に色目を使っていたのです?」フィデルマは訊ねた。「火遊びをしていた、といいましたね」

つい口が滑ってしまったのを悔いたのか、ビズォグは唇を尖らせた。やがて彼女はいった。「イェスティンに訊ねてみたらよろしいのでは? いつぞやも、にやにや笑いながら森を歩いていましたからね。マイルがいた、と」

「それはいつの話だね？」ブラザー・メイリグが問いただした。

「二、三日前ですわ……そう、あの娘が殺された、まさにあの日です」

「あなたは森でなにをしていたのですか？」フィデルマが即座に問いかけた。

「あの朝は、食事の用意のために茸《きのこ》を集めていました」

「ビズォグ！」グウンダが戸口に姿をあらわし、鋭い声で呼ばわった。「なにを無駄口を叩いている？　すぐに客人がたを部屋へ案内しろ。お疲れなのがわからぬのか？」

ビズォグは苦々しげなまなざしで彼を一瞥《いちべつ》したが、言葉は発しなかった。グウンダが三人に詫びをいいはじめたが、ブラザー・メイリグがそれを遮《さえぎ》った。

「われわれのほうから質問したのだ、グウンダ」

ペン・カエルの領主は眉をひそめた。「では使用人ではなくわたしに訊きたまえ」彼は硬い声でいった。

「それでは意味がありません。私どもが聞きたかったのはビズォグの答えですから」フィデルマはいった。ペン・カエルの領主の居丈高な態度、とりわけ、この屋敷の女性陣に対する彼の態度が気に入らなかった。「ブラザー・メイリグが、あなたにご要望があるそうです」

促されて、ブラザー・メイリグは、イドウァルに食事を与え、足首の鎖以外の縛めを解いてやってほしいと彼に告げた。グウンダは鼻を鳴らし、踵を返した。ブラザー・メイリグはそれを了解と受け取り、それ以上詰め寄ることはしなかった。

「まったく」ややあって、完全に黙りこくってしまったビズォグの案内を受け、フィデルマやエイダルフとともに部屋に入るさいに、外の廊下でバーヌウルがいった。

「明日、もう一度訊問してみてはいかがですか？」フィデルマは提案した。「ですが、イェスティンについてのビズォグの話はただの憶測かもしれません。彼女は明らかにマイルを嫌っていますし。ともかく、今夜は休みましょう」

「捜査を間近で見せてくださって感謝いたします」ブラザー・メイリグが笑みを浮かべた。

「なるほど、噂に違《たが》わぬご手腕ですな」そこでふと口ごもり、エイダルフをちらりと見やった。「むろん、おふたりとも」

取ってつけたようなメイリグの賛辞に、エイダルフはとりわけ返事はしなかった。

「エイダルフと私は、明朝できるだけ早くスァンパデルンに向かわねばなりません」フィデルマはいった。

「事件の決着がつくまで待たれては？　この事件に興味がおありなのでは？」ブラザー・メイリグは驚いたようすだった。

フィデルマはかぶりを振った。「たいへん後ろ髪を引かれる思いです。というのも、あの若者は無実であり、裏になにか途轍《とてつ》もないものが隠されているような気がしてならないからです。しかし、私どもはグウラズィエン王より、スァンパデルンでなにが起こったのか、そして彼の子息であるフリンの身になにがあったのかを突き止めるよう仰せつかっております。

私どもにとっては、それが最重要任務です。明日の朝一番にスァンパデルンへ馬を飛ばします。ですがこちらへ戻れたあかつきには、ぜひあなたの口から、この事件の顚末を聞かせていただきとう存じます」

ブラザー・メイリグの表情がいくらか和らいだ。今のフィデルマの言葉を耳にして、どうやらバーヌウルは安堵したとみえる、とエイダルフは思った。今のままでは、フィデルマが生まれ持っての権力によって、彼の捜査権限を乗っ取ってしまいかねないからだ。だが、バーヌウルはあくまでも低姿勢だった。

「ブラザー・エイダルフとあなたのご助力に心から感謝申しあげる。あなたがたの捜査方法とわれわれの捜査方法はよく似ておりますな」彼は押し黙り、やがておそるおそる口にした。「しかし明朝になれば、案内役——もしくは通訳が必要となるのでは?」

フィデルマは微笑んだ。「どうぞお構いなく。あなたがおっしゃっていたとおり、スァンパデルンが山の方角に数キロメートル進んだあたりにあるのならば、さほど苦労せずに見つかるでしょう。通訳に関しては、私は数年ぶりにカムリの言葉を話していますが、どうやら学んだことのほとんどは忘れていないようです」彼女はエイダルフに笑みを向けた。「エイダルフもそれなりに聞き取れているようですし」

「聞き取るだけなら、なんとか」エイダルフがいい添えた。

どうやら案内役としても通訳としてもお役御免らしいと悟ると、ブラザー・メイリグは明らかに安堵したようすだった。「ではわたしはこの地に残り、捜査を続けることといたします」

フィデルマは笑みを浮かべた。「スァンパデルンの調査を終えて戻ってまいりましたら、あなたがいかなる裁定をくだされたのか、伺うのを楽しみにしておりますわ」

第七章

晴れわたった、すがすがしい秋の日だった。薄青色の空には雲ひとつなく、降りそそぐ早朝の日射しの温もりを遮《さえぎ》るものはない。フィデルマとエイダルフはブラザー・メイリグとペン・カエルの領主グウンダに別れを告げ、カルン・ゲッスィのはるかな頂《いただき》をめざし、南西に向けて旅立った。町の外は泥炭地とごつごつした岩山だらけで、樹木の生い茂る谷にはぽつりぽつりと畑があり、その谷に向かって、川と呼ぶにはあまりにも細いいくつもの水流が、周囲の山々の上流から流れこんでいた。

石塚《ケルン》や環状列石《クロムレック》や立石《メンヒル》、廃墟と化した丘の上の砦《とりで》などといった古めかしい風景がひろがっていた。族長や、男女を問わず身分の高い者が葬られるような埋葬室も、先ほどからいくつも見かけた。このあたりは野生の花々の宝庫とみえ、針金雀枝《はりえにしだ》やさまざまな種類の羊歯《しだ》植物やヒースなどが茂っている。だが今はせいぜい、薺《なずな》や踊り子草といった白い花が、緑色に茂る葉の間にところどころひっそりと咲いているばかりだ。くすんだ色に染まりつつあるこの場所には、まるですでに色のない冬が忍び寄っているかのようだった。

はるか上空を、チョウゲンボウがゆったりと旋回しながら滑空している。茶色く枯れかけた羊歯や常緑の針金雀枝の陰に獲物がいないか、と鋭く目を光らせているのだ。一瞬赤いものが視線をかすめたかと思うと、狐が素早く身を隠した。とはいえ狐ほどの大きさがあればまず危険はないので、チョウゲンボウを恐れてというよりはとっさの行動だったのだろう。猛禽《もうきん》が狙うのは普通、野鼠《のねずみ》や畑鼠《はたねずみ》や鳥の雛《ひな》といった動物たちだ。

馬で小径《こみち》を行くこの道中、フィデルマとエイダルフは、数日ぶりにふたりきりの時間を過ごしていた。エイダルフは先ほどからずっと、傍《かたわ》らの彼女をじっと観察していた。

「あのイドウァルという若者のことが気がかりなのですね？」ついに沈黙を破り、彼が口をひらいた。

フィデルマは彼をちらりと見やり、軽く笑みを浮かべた。

「あなたにはお見通しですのね」

「彼は無実だと？」

フィデルマは考えこむように唇を尖らせた。「訊かねばならないことがまだ山ほどあると思っています」

「ブラザー・メイリグのおこなっている捜査をかわりに引き受けたかったのではないのですか」エイダルフがそれとなくいった。

「聖アンブローズ[1]はいっていました――〝グァンド・ヒック・スム、ノン・イェウイウーノ・サバト（私はここにいるとき、断食をしない）〟」

エイダルフは眉根を寄せた。「というのは……」

「郷に入っては郷に従え、ということです。この国のバーヌウルに指図する権利など私にはありません。ブラザー・メイリグに取って代わろうなんて微塵《みじん》も思っていませんわ」

口ではそういいながら、自分でも不愉快なことに、それが嘘だということはフィデルマにもわかっていた。彼女は思わず赤面し、そのことにエイダルフが気づいていなければよいが、と思った。

「まあ、ブラザー・メイリグは有能なかたのようですから」

「ブラザー・メイリグが妥当な訊問をおこなえば、事件にはなんらかの決着がつくでしょう。その答えを彼がどう解釈するかには、誰にも口出しできないのです。ともかく私たちは与えられた任務に集中しなければ。さっさと解決してしまえば、それだけカンタベリーへの旅も早く再開できます」

それからふたりともしばらく無言で馬を進めた。

町からスァンパデルン修道院まではせいぜい三キロメートルというところで、道のりもさほど険《けわ》しくはなかった。まもなく、ブラザー・メイリグからも聞かされていた、カルン・ゲッスィとおぼしき山のふもとに、建物の群れが見えてきた。人の気配すらなく、静まり返っている。ここが無人だということを前もって聞かされていなかったとしても、フィデルマならば、この建物の群れから漂う雰囲気を見ただけで、なにかがおかしいことに当然気づいたした些細な異変を察知する能力に長《た》けていた。フィデルマは、こうした寂寥《せきりょう》感にはそら恐ろしささえ感じられた。フィデルマは、こうした些細な異変を察知する能力に長《た》けていた。こうした勘があるからこそ、彼女はこの職業において誰よりも抜きん出ているにちがいなかった。この勘のおかげで、嘘を見抜くのも得意だった。ふと、ふたたび胸が疼《うず》いた。ほんとうのところをいえば、マイル殺害事件の捜査を引き受けたかったというのが本音だった。イドウァルの話は真実だ、と直感が告げていたからだ。

引きつづき小径を進み、門の手前まで来ると、エイダルフが騎馬のまま前屈みになって門扉を押した。内側の閂《かんぬき》はかかっておらず、扉は奥に向かってひらいた。門の奥にある中庭はがらんとしていた。エイダルフは馬を止め、ひゅうっと歯の間から不安げな息を漏らした。薪を積みあげた山がすぐ目に入った。篝火《かがりび》のために用意されたのは明らかだ。フィデルマは杭の近くまで馬を進めると、そこで馬をおりて手綱を結んだ。

静まり返った建物を眺めわたし、エイダルフは思わず身震いをした。フィデルマもそれに気づいたが、とりわけなにもいわなかった。目に見えぬものなど別に怖くもなんともない。目に見える、形あるものこそが危険をもたらすのだ。彼女はエイダルフが馬をおりるのを待ってから、ゆっくりと門まで戻り、足もとをじっと見おろした。エイダルフも傍らにやってきた。フィデルマは視線をあげ、彼をちらりと見やった。

「頻繁に出入りがあったようで、すっかり踏み荒らされていてわかりません。しかもここ数日の間に雨もありましたから、たとえなにかあったとしても、その跡はすっかり消えてしまっています」

「ブラザー・カンガーは、このあたり一帯をくまなく調べて、修道士たちがここをあとにしたさいの痕跡を探したと話していましたが、それはあてにならない、ということですか？」エイダルフが問いかけた。

そう訊かれて、フィデルマはつい苛立ちをおぼえた。「彼は真実を話していたのでしょう。ですが、聞いた話がおのれの目で見たものと一致するのかどうか、ひとつひとつ確認するのはけっして間違ってはいないはずです。地面の跡からは、あまりわかることはなさそうです。スァヌウンダからの道はどうでしたか？　西へ向かう道は？　どちらも石だらけの道でした。よほど運がよくなければ跡など見つかりません」

彼女は門扉を閉めると中庭へ戻り、考えこみながら、現場となった修道院をあらためてじっくりと眺めた。

「ここがほんとうにサクソン人に襲撃されたのであれば」彼女の考えを察したように、エイダルフがいった。「手際がよいとしかいいようがありませんね。なにひとつ壊されてもいないし、燃やされてもいない。死体もひとつも……」

「けれども、デウィという少年の話では、サクソン船が停泊していた浜辺で複数の遺体が見つかったそうです」彼女は指摘した。「さあ、なにから始めたらよいでしょう？　まるでひとけのないこの場所にも、きっとどこかにかならず、ここであったできごとを解き明かす手がかりがあるはずです」

エイダルフはまだ納得がいかないようだった。「なにひとつ説明がつかなかったらどうするのです？」彼はぶつぶつと呟いた。

フィデルマはまるで歌うように、低い笑い声をあげた。「〝オムネ・イグノートゥム・プロ・マグニフィコー・エスト〟」

タキトゥス(2)の著作『アグリコラ』からの一文だ。エイダルフもこの一節は何度か耳にしたことがあった。サクソン人の間に伝わる迷信を彼が口にすると、よく教師たちにそういわれてからかわれた。〝未知なるものはすべて偉大なものとみなされる〟と。真相がわかればじつは解釈は容易なのに、未知なるものとなると、人はなにかと自然を超越したものに結びつけがちだ、ということを指摘するさいに、しばしば用いられる一節だ。彼女にそういわれ、サクソン人であるということを突きつけられたような気がして、エイダルフは少なからず傷ついた。

フィデルマはすでに扉に向かって足早に歩いていた。扉の向こうは修道士たちの居室だった。

ブラザー・カンガーも目にしたとおり、寝床はいずれも整ったままで、眠った形跡はなかった。修道院長の居室も同様だった。

薄暗い食堂に足を踏み入れようとしたとき、ひとけのない部屋に充満した凄まじい悪臭がエイダルフの鼻をついた。テーブルの上に放置されたままの食事は完全に腐っていた。

「入るんですか？」広い食堂へつかつかと入っていこうとするフィデルマに向かって、エイダルフが片手で鼻を覆いながら呟いた。

ちらり、とエイダルフに向けられたまなざしはじつに冷ややかだった。「謎の解明のためには、その原因を示す可能性のあるものは、すべてしらみつぶしに調べておく必要があります」

エイダルフは、テーブルの間を慎重に歩いていくフィデルマのあとを、しぶしぶついて行った。卓上には、修道士たちのために並べられた最後の食事のなれの果てが残っていた。人が消えたあと、動物が出入りしては食べものを喰い散らかしているようだ。ぼろぼろに崩れたパンと傷んだチーズは、明らかに齧歯類《げっしるい》の鋭い歯で齧《かじ》られた跡があった。だがフィデルマが凝視していたのは別のものだった。

彼女は、本来は皿の脇に置かれているはずのナイフやスプーンを見ていた。切りかけだったのか、パンのかたまりにナイフが一本刺さったままだ。肉切りナイフが床に一本転がっていた。フィデルマはふと立ち止まり、足もとに視線を落とした。床に皿が落ちていて、わずかにその上に残ったものから察するに、どうやら焼いた肉のかたまりを載せてあった皿のようだ。卓上から引きずりおろされたとみえ、ほかにも皿が何枚か巻き添えになって散乱していた。フィデルマの鋭いまなざしが、すこし離れた床の上に転がっている骨つき肉をとらえた。それから床の上のナイフにふたたび視線を戻した。錆びかけてすこし変色したその刃に、乾いた血がこびりついている。

彼女は屈みこんでそのナイフを拾いあげ、近くでじっくりと観察した。生肉を切ったというのならば別だが、こんなにもべっとりと血で汚れているのは、なにかほかに原因があるはずだ。だがいったいそれは？

「エイダルフ、蠟燭《ろうそく》を探してきて明かりをともしてもらえますか？」

屋外には朝日がさんさんと降りそそいでいたが、建物の中は薄暗い陰にすっぽりと包まれており、細かい部分まではどうしても見えなかったからだ。

エイダルフは周囲を見まわした。どの蠟燭もほぼ燃えつきて溶けていた。ブラザー・カンガーは、中に足を踏み入れたときには蠟燭のほとんどがともったままだったと話していた。一本だけ、燭台《しょくだい》から落ちたらしき蠟燭が見つかった。獣脂の部分がまだ溶けきらずに数センチ残っている。エイダルフは火口箱《ほくちばこ》を普段から持ち歩いていた。直径十センチほどの丸い金属の缶の中に、木屑のかわりに、炭をこすりつけた麻布を入れてある。このほうが乾いた木よりも火花が起こりやすく、炎を熾《おこ》しやすいからだ。

彼は缶の中から火打ち金を取り出すと、光沢のある面を上にして左手で持ち、炭をこすりつけた布の上にかざした。右手に握りしめた火打ち石の端を勢いよく打ちおろす。白熱した細かな破片が飛び散り、炭をこすりつけた布がしだいに明るさを帯びはじめた。乾燥させた藺草《いぐさ》の中心に硫黄を埋めたものをいくつか用意してあったので、そのうちのひとつを、光っている麻の布の隣に寄せる。するとたちまち炎があがった。彼は蠟燭をともすと、火口箱の蓋《ふた》を閉めて布の上の火を消してから、ふたたび蓋を開けて火打ち石と火打ち金をしまい、蠟燭を手にフィデルマのもとへ向かった。

多少時間がかかったが、フィデルマは辛抱《しんぼう》強く待っていた。屋内の明かりという明かりが消えてしまっているので、待っているよりほかなかったからだ。通常、室内には、長期間留守にする場合を除き、種火としてランプや暖炉の火を絶やさずにおくものなのだが。

フィデルマは蠟燭の明かりでナイフの刃を入念に調べると床に座りこみ、できるだけ低い位置を照らしてくれとエイダルフに身振りで示した。そこで鋭く息を呑んだ。

「どうしました?」エイダルフが問いただした。

「おびただしい血の跡があります。食事のさいに肉を切ったときのものではないようです。誰かが、ここで切りつけられたにちがいありません……このナイフで」とフィデルマは、ナイフを持った自分の手を指し示した。

薄暗い物陰からふいに音がして、ふたりは思わず黙りこんだ。喉の奥から絞り出すような低い唸り声だった。エイダルフはおそるおそる振り向いて暗闇に目を凝らした。

食堂の奥の隅に、蠟燭の明かりを反射して、石炭のごとくぎらぎらと光るふたつの目があった。黒々とした丸い頭の形だけがかろうじて見わけられた。輪郭《りんかく》だけがくっきりと見えるが、まるでガーゴイルのごとき不気味さだ。

唸り声がしだいに大きくなった。

エイダルフはテーブルのひとつにそっと背を預けると、空いているほうの手で、なにか武器になるものはないかと必死にあたりを探った。地獄の炎のように目をぎらつかせた不気味な黒い影から、目だけは離すわけにいかなかった。相手は食堂の隅に身をひそめ、こちらの動きをうかがっているようだ。黒い影の動きから、そのなにかが、今にも飛びかからんと身構えているのを彼は悟った。よくは見えなかったが、フィデルマがひたすらじっと息をひそめているのが気配でわかった。テーブルの上を探っていた彼の指が金属製の皿に当たった。彼は卓上からそれを摑み取り、円盤投げの円盤よろしく手に持った。

まさしくそのとき、相手が凄まじい鳴き声をあげ、フィデルマの頭めがけて飛びかかってきた。

「伏せてください！」エイダルフは叫ぶと、くるりと振り向いて金属製の皿を投げた。投擲《とうてき》はほぼ完璧だった。皿は空中でみごとに的《まと》に命中した。相手は最初の鳴き声よりも凄まじい、悲鳴に似た鳴き声をあげ、跳躍の途中であるにもかかわらず身体をひねって方向転換をはかった。

そのなにかが窓へ向かおうとしたとき、そこから差しこむ灰色の光に照らされて、一瞬、巨大な猫のような姿がふと見えた。黒と灰汁《あく》色の不規則な縞模様のある身体は一メートル以上あった。その動物は窓枠に飛び乗ると、そこで歯を剥きだして三たび鳴き声をあげ、窓の向こうへ走り去っていった。

エイダルフは蠟燭を置いてフィデルマを振り向いた。彼女はテーブルに寄りかかったまま、かすかに震えていた。

「今のはなんです？」なんとか落ち着こうとしながら、フィデルマが訊ねた。

「山猫です」安堵した声だった。「めったに人は襲わないのですがね。普段は兎《うさぎ》や鼠などを餌にしている動物です。たぶん、追い詰められたと感じたんでしょう」

信じられない、とばかりにフィデルマは首を振った。「それにしてもあの大きさときたら……猫が野生化することがあるとは聞いていましたけれど……」

フィデルマの知らないことを自分が知っていたという優越感から、エイダルフはやや得意気に笑みを浮かべた。

「あれは飼い猫が野生化したものではありません。猫、といってもまったく別の種類で、いわゆる普通の猫よりもはるかに大型で、追い詰められるとますます凶暴になるのです。わざわざ森から出てくることはめったにありません。屍肉《しにく》を漁《あさ》るよりも狩りをして暮らしている生きものですから。アイルランド五王国に山猫はいないのですか？」

いない、と彼女はかぶりを振った。「野良猫はいますけれど、あのような生きものはいませんわ」

「鼠かなにかを狙ってやってきたのでしょう。ここにはそういうものが山ほどいそうですからね」もはや朗《ほが》らかといってもよいほどの調子で、エイダルフはいった。

実体のある自然の脅威に対しての恐怖心は、エイダルフにはなかった。だが自然現象では説明できないものに対しては、彼はまるで幼子のように怖がりだった。フィデルマは心の中で笑みを浮かべた。彼は、自分とはまるで正反対だ。ブレホンのモラン師はなんといっていただろう？　そう、自然とは奇妙なる設計者なのだ。

「あんな生きものに二度と出くわさぬよう祈りましょう」彼女はいうと、さしずめ探求すべき問題のほうに立ち返った。「もう一度ここを蠟燭で照らしてもらえますか、エイダルフ」

彼女は屈みこみ、乾いた血の染みをあらためて覗きこんだ。「ここで誰かがこのナイフで刺され、大量に出血したことは間違いありません」

そしてエイダルフに、蠟燭を低く持って、明かりを床に近づけておいてほしいと身振りで示した。やがて彼女は満足げにちいさく息を吸いこんだ。

「血の跡が点々とついています。跡をたどってみましょう」

ふたりは食堂から点々と続いている血痕をたどった。だがその数は少なく、点と点の間も離れていたため、次の血痕を探し当てるのに十五分ほどかかってしまうこともあり、かなり苦労しつつ、わずかな血の跡をひたすら追った。

ようやくたどり着いたのは、薄暗い礼拝堂の中だった。

「血痕はあの石棺に続いているようです」フィデルマは戸口で立ち止まった。中は仄暗《ほのぐら》かった。石棺は、主祭壇に続く中央通路に鎮座していた。きめの粗い、青灰色の石でつくられた豪華な棺であることが、エイダルフの掲げた蠟燭の明かりで見えた。石棺は細長い棺形をしており、床に敷き詰められた石畳から一メートルほどの高さに置いてあって、頭と足もとの部分には柱の形をした小ぶりの脚がついていた。棺にはラテン語でこう刻まれていた。〝ピーク・ヤケト・パテルヌス（神父ここに眠る）〟

「ここは、この修道院の創設者である聖パデルンの霊廟《れいびょう》ですね」フィデルマが呟いた。「ここにも血痕があります」彼女は石棺の表面を指さした。

それはエイダルフにもわかった。石板の表面にも棺の側面にも血飛沫《しぶき》が飛んでいる。彼は問うようにフィデルマを見た。

「中を見ます？」質問に聞こえるように語尾をあげる。

フィデルマは返事するまでもないというようだった。彼女は石棺の蓋をじっくりと調べた。「蝶番《ちょうつがい》で蓋が開く仕組みだと思うのですが」彼女はいった。「どこか石のすり減っている部分はありませんか？」

エイダルフはしぶしぶながら頷いた。蠟燭を置いて両手を伸ばし、体重をかけて蓋が動くかどうか試してみた。驚いたことに、石棺の蓋は難なく動いた。彼は満足げに視線をあげた。

フィデルマは即座に頷いた。

エイダルフがふたたび力をこめると、石の蓋はいとも簡単に向こう側へひらいた。とたんに腐臭が彼の鼻をついた。しかし正直なところ、食堂にあった腐《くさ》った食べもののほうがよほどましな臭《にお》いだった。

フィデルマは石棺の側面へ移動し、中を覗きこんだ。エイダルフは少々腰が引けつつも、棺の内側をじっくりと調べているフィデルマの傍らへ行った。

崩れかけた人骨の名残と、朽ち果てた経帷子《きようかたびら》の上に重なるように、もうひとつ新しい死体が置かれていた。ただ無作法にこの石棺に押しこまれただけとみえ、きちんと弔われていないどころか、埋葬用の布にすら包まれていなかった。死体の主は男で、腐敗の進み具合から見ても、死後せいぜい一日か二日しか経っていなかった。男は仰向けに寝かされていて、胸のあたりについたいくつもの黒い染みが死因を物語っていた。めった刺しにされたようだ。

エイダルフは思わず縮みあがった。「これは冒瀆《ぼうとく》です」と、見たままを口にする。

死体は髭面の小柄な筋肉質の男で、黒っぽい髪に肌は浅黒く、身体的な意味で、フィデルマがこれまで出会ったどのブリトン人とも似ていなかった。袖なしの革の短い胴着《ジャーキン》を身につけ、革の膝当てがついたズボンを膝までまくりあげている。膝から下は素足だった。凝った模様のついた青銅と赤銅の腕輪をはめ、稲妻《いなずま》に似たしるしのついた喉輪《のどわ》をしている。腰に巻いたベルトには剣の鞘だけがさがっていた。

エイダルフが珍しく口笛を吹いた。

フィデルマはすこし驚いて彼を見やった。口笛を吹くなんて彼には似つかわしくない、というのもあったが、エイダルフが教会内で敬虔とはいえない態度を取ること自体珍しかったからだ。

「あなたにとっては、この死体がなにか意味のあるものなのですか?」彼女は即座に訊ねた。

「ホウィッケ人ですね」

フィデルマは戸惑い顔だった。

「腕輪のしるしは、この男がホウィッケの武人であることを示しています」エイダルフは指さして説明した。

「そういわれても私にはわかりませんわ、エイダルフ。ホウィッ……ケ、とは?」フィデルマはなんとか発音しようと試みた。

「ホウィッケとはマーシアに従属する小王国で、グウェントやドゥムノニアといったブリトン人の王国と国境を接しています。アングル人とサクソン人が交ざり合った荒々しい武人の民ですが、いまだ真の信仰には転向しておらず、独自の王に統治されているのです。今はアーンフリス王が治めていると聞いています。マーシア王ペンダが存命の間は、ホウィッケの民は異教徒であったかの王を支持していました。結局、彼がキリスト教の恩恵にあずかることは生涯ありませんでした」

「では、グウンダが受けた報告は正しかったということですね」フィデルマは考えこみながら、いった。「やはりサクソン人がこの修道院を襲い、修道士たちを捕虜として連れ去ったと考えてよいのでしょう」

エイダルフは死体を覗きこんでいた。男のつけている、稲妻のしるしが彫りこまれた首飾りを指さす。

「これはトゥーナー(3)、すなわちわれわれサクソン人に伝わる異教の雷神のしるしです」

フィデルマは視線を落とし、眉間に皺《しわ》を寄せて、その稲妻のしるしをじっくりと観察した。頭の中で、事実のひとつひとつをためつすがめつ眺めてみる。

「ますます謎が増えました。聖パデルンの石棺にサクソンの武人の遺体が収められていて、さらに彼は刺殺されているのです。状況から見て、彼は食堂で、肉を切り分けるナイフで刺されたとみられます。もしこれがサクソン人による襲撃の最中に起こったことであるならば、なぜ彼はここまで運ばれ、石棺に押しこめられたのでしょう？　仲間たちはなぜ彼を連れ帰らなかったのでしょうか？」

エイダルフは眉根を寄せていた。「普通ならそうするでしょうね」彼も賛同した。「とりわけホウィッケの民は、どうにもならない場合は別として、死者を敵の手に委ねることをけっしてよしとしません。遺体を持ち帰り、海に葬るのがならわしです。サクソン諸王国は、今でもホウィッケに畏敬の念を抱いています」

フィデルマは興味深げに彼を見つめた。「なぜです？」

「彼らが古いならわしをけっして捨てないからです。フリッグ[4]とティーウ[5]の司る昏《くら》き道は、今も犠牲と暗黒に満ちみちているのです」

フィデルマはしらけた表情だった。「それが畏敬の対象になるとは思えませんけれど」

「彼らが辺境の民であり、攻めてくるアングロサクソン人に対してとりわけ激しい敵対心を抱いているブリトン人の国の片隅で独自の王国を築きあげてきたから、というのもありましょう。彼らは、原初の神々に対するいにしえよりの信仰を今も持ちつづけているのです。代代の王たちも、われらは神々の長《おさ》たるウォドンの末裔である、と主張しつづけています」ここでふとエイダルフは黙りこんだ。

「それで？」フィデルマはしぶしぶ促《うなが》した。

「〈新しい信仰〉が到来しようと、西サクソン諸王国からバーニシア（現在のイングランドの北東部。六世紀に出現した王国で、後にノーサンブリア王国の一部となる）までを治めるわれわれの王たちはみな、自分がウォドン神の直系の子孫であることを信じてやまないのです」

フィデルマは皮肉っぽく唇を尖らせた。「私どもの国では少なくとも、長としての地位や相手への服従を求めるために、自分は神々あるいは女神たちの末裔である、などという主張は必要ありませんけれど」

エイダルフの頬にわずかに赤みが差した。フィデルマのいうことは確かに筋は通っているが、彼の国の文化に対する批判がそこはかとなく含まれていることに気づかずにはいられなかったからだ。そこで彼は話をそらした。

「なぜホウィッケはこんな辺鄙《へんぴ》な場所を襲撃したのでしょう？　かの王国からここまでは二百キロメートル近くあります。なぜわざわざここを？　なぜこの修道院から全員を連れ出したうえ、仲間のひとりをキリスト教の霊廟に置き去りになどしたのでしょう？」

「それは私たちで解明せねばなりません。さしあたり今は、あの石棺の中の異教徒はあのままにしておきましょう。ともかく、修道士の幾人かがサクソン人に殺されたと話していたという、そのデウィという少年のいる——なんという地名でしたかしら？　そこへ向かう前に、もうすこし証拠を集めておかねばなりません」

「スァンヴェラン」

「そうでしたわね。スァンヴェラン」

エイダルフは深くため息をついた。「まるでわけがわかりません。常軌を逸した選択肢ばかりが次々とあらわれる」

「あらゆる可能性を考えたうえで、その中でいちばん筋道が通った説明こそが答えへの道ですわ」フィデルマは励ますようにいった。「事態が明らかになるような情報を手に入れるまでは、たいていなにごとも筋が通らないものです。さあ行きますよ、ほかに手がかりがないか、もうすこし探ってみましょう」

フィデルマも手を貸し、ふたりで石棺の蓋をもとに戻した。フィデルマが先に立ち、礼拝堂をあとにしようとしたとき、ふと彼女の視線がなにかをとらえた。彼女は立ち止まり、祭壇をじっと見つめた。

「見逃してしまうところでした」彼女は顎でそちらを指し示し、いった。

エイダルフはがらんとした祭壇を見やり、眉根を寄せた。「なにをです?」彼は訊ねた。

フィデルマは苛立たしげにため息をついた。「まあ、なにをおっしゃっているの? よくご覧なさい」

エイダルフは祭壇に向き直った。「なにもありませんよ」彼は不服そうにいった。「ここになにかありますか?」

「なにもないからです」フィデルマがいった。「まさしくそれが問題なのです」

エイダルフはさらに質問しかけて、ようやくそれに思い当たった。「十字架像がありません。祭壇の燭台も、聖像もない」

「そうです。まさに襲撃があったことを示すように、貴重な品々がすっかりなくなっています」

踵《きびす》を返して礼拝堂を出ようとしたとき、扉の陰に、さらに奇妙なものが見つかった。撚《よ》った藁《わら》を糸で縛ってこしらえた人形だった。

フィデルマが真剣な表情でそれをじっくりと観察していると、エイダルフが声をかけた。

「ホウィッケがこの場所を襲撃した理由が、私にはまるで見当もつきません」彼はいった。

「ここにあった聖像や宝物《ほうもつ》など、それほど高価なものでもなかったでしょうに?」

「あなたがたの国では、確か奴隷を使うのではありませんでしたか? 修道士たちを売り飛ばすのが目的だったのかもしれません」

ふたりは寄宿棟へ向かい、さらに隅々まで調べた。修道士たちの居室を探索したところ、さほどかからずに、修道士たちの私物はなにもなくなっていないことがわかった。洗面道具や聖務日課書やその他のこまごましたものも、各自の寝台に置かれたままだ。

明らかに修道院長室とおぼしき部屋で、鉄張りの小箱がひとつ、忘れられたように壁のくぼみに置いてあるのを、フィデルマの鋭いまなざしがとらえた。いかにも貴重品が入っていますといわんばかりの箱だったが、蓋は開いており、中身は空《から》だった。さらに彼女の指摘どおり、やはりこの部屋からも十字架像が消えていた。修道院長の居室にはたいてい、価値のある立派な十字架像が置かれているものだ。壁に十字架の形をした煤《すす》けた跡が残っていたので、つい最近までそこに十字架像が掛けられていたことは一目瞭然だった。

とはいえ修道院長の私物は、洗面道具やそのほかの品々も、クリドロ神父が博学な人物であることを示すギリシャ語やラテン語やヘブライ語の大量の本も、すべてが整然と棚に収まっていた。しかもそのうちの一冊は机の上にひらかれたままで、まるで今しがたまで読んでいた箇所を示すように金属の栞がページの上に置かれていた。

「まったくもって異様な事件ですね」エイダルフがいった。

「同感です」フィデルマは賛同したが、つい悪戯《いたずら》心でつけ加えた。「確かに不気味ですけれど、闇の力がはたらいた、などというしろものではまずありませんわね」

「建物内もくまなく見ましたし、そろそろスァンヴェランへ向かいましょう。馬が痺れを切らしています」

外に繋《つな》いだまま放置されている馬たちの焦《じ》れたようないななきが、ふたりの耳に届いた。

「そういえば、まだ家畜用の囲いを調べていませんでしたね」フィデルマが答えた。「なにか見落としていてはいけませんから」

エイダルフはうんざりしたように顔をしかめた。「どうせなにもありませんよ。家畜用の囲いも調べた、とブラザー・カンガーも話していたではありませんか」

「彼は、修道院の中をひととおり調べたけれどもなにもなかった、といっていました。ところが、なにもないどころではなかったではありませんか」

エイダルフはしぶしぶ頷いた。むろん彼女のほうが正しかった。

ふたりは寄宿棟をあとにし、おもてへ出た。「門が風で開いてしまったようです」エイダルフがいった。

「構いません」フィデルマはいった。「家畜用の囲いを見るだけなら、それほど時間はかかりませんから」

ブラザー・カンガーの話のとおりだった。囲いの中は空《から》っぽだった。家畜の影も形もない。それでもフィデルマはひたすら目を凝らし、わずかな違和感もけっして見逃すまいとした。ふたりは家畜用の囲いから、さらにその奥にある大きな納屋へ向かった。隣には鍛冶場があった。火鉢に積もった白い灰は冷えきっていた。ここで最後に火が熾されてから、かなりの時間が経っているようだ。納屋の扉は開け放たれていた。フィデルマは立ち止まり、中を覗きこんだ。納屋にも行ってみたが中は空っぽだった、とカンガーはいっていた。確かに、入り口に立って中を覗いても、家畜は一匹も見当たらなかった。だがそれもさほど不思議なことではなかった。納屋の床は石造りで硬く、足跡を残さずに家畜を外に出そうと思えばたやすくできただろうからだ。

「ブラザー・カンガーの話では、この修道院には騾馬《らば》が二頭いたそうです。なのになぜ馬房が六つあるのでしょう?」エイダルフが訊ねた。

「むろん来客用でしょう」フィデルマが答えた。「この修道院では、このあたりを通る旅人や巡礼者たちに一夜のもてなしを与えていましたから、連れの馬たちにも寝床を与えてやるのは当然です」

彼女は中へ入っていき、馬房をひとつずつ注意深く見ていった。ずらりと並んだ馬房の左端まで行くと、そこでくるりと振り向いた。なにかが目の端に入り、彼女はちらりと上を見た。そのおもざしに浮かんだ表情が、エイダルフの目に映った。彼はまだ戸口にいたが、フィデルマの視線は扉の内側の、まさしく彼の頭上にあるなにかにじっと注がれていた。

「どうしました?」山猫がふたたび忍び足で戻ってでも来たのかと、彼は問いかけた。

フィデルマは険しい表情を浮かべた。「おそらく、クリドロ神父を見つけたと思います」

彼女は低く呟いた。

エイダルフは慌てて納屋の内側へ二、三歩進むと、振り返って上を見た。

屋根に渡された太い梁《はり》のひとつから、滑車《かっしゃ》が縄でさがっていた。さらにその脇にある梁からもう一本縄が延びており、滑車を通って下へ垂れていた。そしてその先に人間の身体がぶらさがっていた。

男は〈聖ヨハネの剃髪《トンスラ》〉を頭に戴いており、彼がごく普通の修道士ではなく、修道院において高位の者であることを示す、濃い色の法衣を身にまとっていた。だが法衣はずたずたに切り裂かれ、しかも血まみれだった。頭の角度から見て、縄によって首の骨がへし折られているのがわかった。年配の、痩せぎすの男だった。

エイダルフは鋭く息を吸い、片膝をついて祈りを捧げた。

「おろしてやってください」フィデルマは遺体を指し示し、静かにそう告げた。

エイダルフは縄が固定されている場所まで行き、縄を外してすこしずつ緩めながら、藁敷きの床の上へそっと遺体をおろした。見ると男は死んでから間もないようだった。フィデルマは驚きを禁じ得なかった。

「むろんお気づきでしょうが、どうやらこのかたは、縛り首にされる前に鞭で打たれたようです」エイダルフが声を殺し、いった。「遺体をおろすとき、背中にいくつもの裂き傷がありました」

エイダルフの手を借り、フィデルマは遺体を裏返して調べた。「ひどい鞭打ちの跡です」彼女は認めた。「こんな年老いた人間にここまでしますか？」

「この人はほんとうにクリドロ神父なのですか？　もしそうだとすれば、彼は修道院が襲われた時点ではまだ殺されていなかったことになります。見てください、比べてみると血の跡がまるで新しい！　亡くなってからまだまる一日と経っていないように見えます」

「クリドロ神父に間違いない、という確固たる証拠はありませんが、その可能性は高いです。この修道院の一員であり、しかも高位の者の法衣をまとっているとなると……」彼女の声がしだいに細くなった。

フィデルマが両目を見ひらいていることに、エイダルフは気づいた。

彼は即座に振り向いた。

納屋の戸口に男が三人立っていた。真ん中の男は両手を腰に当てていた。その両脇の、仲間とおぼしき険しい顔つきの男たちは、それぞれ弓を手にしていた。矢をつがえて弓を構え、その矢の先端は、フィデルマとエイダルフをまっすぐに狙っていた。

第八章

フィデルマとエイダルフはその場から動けなかった。矢の先端が自分たちにぴたりと定められているのを見て、ふたりは凍りついた。

真ん中に立っている男は、両手を腰に当て、ふたりを見て笑みを浮かべていた。痩せた、若々しい男で、見ようによってはかなりの男前だった。赤茶色の巻き毛を短く刈りこんでいて、青い瞳は刺すように鋭い。武人のいでたちをしており、身体に沿った短い胴着《ジャーキン》を毛織のシャツの上に重ね、ぴったりとした革のズボンとブーツを身につけている。右の腰には剣を、左の腰には狩猟用のナイフをさげていた。

その首に黄金のトルク（首飾り）があるのを見て、フィデルマはわずかに目をみはった。ひと昔前まで、彼女の国では黄金のトルクは英雄のしるしであり、高貴な武人に贈られるものであった。男のつけているトルクは意匠をあしらった黄金の輪で、首回りにぴったりと沿うように曲線を描いていた。よく見ると、素晴らしい装飾がなされた品で、凝った彫刻が両端にまで施されている。トルクは、アイルランド五王国ではもはや古臭いものであるとされ、国の行事でもないかぎり、ほぼ誰も身につけることはなく、しかもそれですら稀だった。

ブリテンやゴール（1）の人々にトルクが広く受け入れられているということは、彼女もこれまでの経験上知っていた。

男はまた、いっそう繊細《せんさい》なつくりの、純金の鎖をさらに胸からさげていた。美しくみごとな細工で、最高級の品であり、かなりの価値があるものと思われた。彼女は不愉快そうに鼻筋に皺《しわ》を寄せた。あれほど価値のある繊細な細工のものをふたつも重ねづけしては、それぞれが魅力を打ち消し合い、ただぎらぎらと派手なだけで、味わいなど薄れてしまうではないか。

「おやおや」若い男がようやく、顔に笑みを貼りつけたまま、彼らを眺めつつ、歌うような声でいった。「これはまた、どちら様で？」

フィデルマは弓矢を構えた男たちに、こちらに反撃の意志がないことがわかるように、両腕をわずかに身体から離しながらゆっくりと立ちあがった。エイダルフは一瞬ためらったのち、彼女と同じようにした。扉の外の石畳の前庭に複数頭の馬がいるらしき物音がふたりの耳に届いた。明らかに、この男とその仲間とみえるふたりの射手は、さらに供の者を連れているようだ。

「私はシスター・フィデルマ、こちらはブラザー・エイダルフです」フィデルマが口を切った。

若者の笑みがさらにひろがった。その表情にフィデルマは不快感をおぼえた。突き放したような冷たい笑みは、もはや手も足も出なくなった獲物を見る、狩る者の表情だった。

「名前からして、アイルランド女《グウィズエル》に、またしてもサクソン人か？」男は仲間たちを見やった。「おい、野郎ども、こいつは奇妙なお客さんだ」男は険《けわ》しい笑みを浮かべたまま、フィデルマらに向き直った。「ここでなにをしている？」

「私はドーリィーです、あなたがたの国でいうバーヌウル――」

「身分を訊いたんじゃない」若者が鋭い声で遮《さえぎ》った。「ここでなにをしているのかと訊いてるんだ」

「ですからそれに答えています。連れと私は、あなたがたの王であるグウラズィエンより直《じき》直《じき》に任じられ、この修道院の人々が失踪したという報告に関する調査を……」

彼女が驚いたことに、若者はいきなり笑いだした。陰気な笑い声だった。

「グウラズィエンなど俺の王ではない。それはともかく、ダヴェドの王があんたの国の、しかも女を、おまけにサクソン人なんぞを雇うものかね？　サクソン人はわれわれ同胞の敵ではないか」

エイダルフに狙いを定めているほうの射手が、矢を放てとの命令を期待するかのように、軽く片眉をあげた。

「私の言葉を疑うのであれば、王の印章を戴いた委任状をご覧なさい」フィデルマは不服を申し立て、マルスピウムを指し示した。「修道士であり、ダヴェド王の任務を携えた者である彼を殺しなどすれば、けっしてあなたにとって都合のよいことにはなりませんよ。ブラザー・エイダルフがあなたに危害を加えたわけでもありませんでしょうに！」

男はまるで憐れむように彼女を見た。「ああ、忘れてたよ。アイルランド人ってのはサクソン人と懇《ねんご》ろなんだろう？　なにせサクソンの連中の国まで行ってやつらを改宗させ、読み書きを教えて文明人の轍《わだち》を踏ませようとしたんだからな。やつらのことは、俺たちブリトン人のほうがよっぽどよくわかってる。だからこそ俺たちは、やつらをわざわざ転向させようなどとはしなかった。ローマのお偉い聖職者連中がはるばるこの地へやってきて、俺たちに改宗を迫ったときでさえもだ。いいか、アイルランド女《グウィズエル》。いずれサクソン人どもは牙を剝き、かつてこのあたり一帯に暮らしていたブリトン人に対しておこなったことを、あんたたちに対しても繰り返すだろう」

彼の演説は明らかに彼の仲間たちの琴線にも触れたようで、ふたりともふんふんと相槌を打っていたが、つがえた矢の先端が揺らぐことはなかった。それは、命令をくだすことに慣れている、教養のある者の話しぶりだった。

フィデルマは怯まなかった。「もう一度いいます、この人があなたにいったいなにをしたというのです？」

「ポウイスのシェリフ王に対する勝利を祝うためにバンゴールからやってきた千人もの修道士や修道女たちを、サクソン人どもがどれほど残虐に殺したか、あんたは聞いたことがないのかね？」若い武人は詰め寄った。

「知っていますとも。それは五十年近く前のできごとで、私もこの人も、まだ生まれてもいませんでした。あなたとてそうでしょう」

「あんたの国の宣教師がキリスト教をもたらしたおかげで、今はもう、サクソン人どもの性格は変わったとでもいうのか？」

「あなたが何者であろうと、偏見をもとに議論することはできません。もう一度いいます、私たちはダヴェド王に任じられてここにいるのです。あなたが王の存在を認めていようといまいと、ここはダヴェド王国の領土です。あなたは何者で、なぜこの国の法律をあえて蔑《ないがし》ろにしようとするのですか」フィデルマの声は鋭く、有無をいわせぬ響きがあった。

若者は驚いたようすで彼女を眺めた。目の前のこの若い美人ときたら、彼の脅し文句にも、また彼には明らかにそのとおりにできる力があることにも、いっさい動じていないらしい。

「ずいぶんと自信満々だな、アイルランド《グウィズエル》女」とうとう彼も根負けした。「死ぬのが怖くないのか？　ここがダヴェドだろうとそうでなかろうと、ここでは俺が法律だ」

「そうは思いません。あなたは、弓矢をつがえているご友人たちのおかげで一時的な力を手にしているかもしれませんが、あなたが法律とはなり得ません。法律とはあなたがさげている剣よりも神聖なものです。恐怖に関していえば、恐れというのは美徳を生み出す感情ではありません。恐怖は判断力を鈍らせますし、私はドーリィーですので」

男はしばし立ちつくし、青い瞳で彼女の燃えるような緑色の瞳を喰い入るように見つめていた。やがてその顔に笑みが戻り、彼は楽しげにくつくつと笑い声をあげた。

「おっしゃるとおりだ、アイルランド女《グウィズエル》。恐怖ってのは人間のろくでもないところを炙《あぶ》り出す。あんたが恐れなんか抱いてないってわかって嬉しいよ。あの世に行くのをびくびく怖がってるやつを、無理やり気分を奮い立たせて殺すなんてのはまったく好みじゃないんでね」

彼は振り返ると、射手たちに向かって片手をあげた。フィデルマは驚愕をなんとか顔に出すまいとしたが、どうやら男はただ虚勢を張っているだけではないようだった。必要とあらばいくらでも冷酷になれる、というわけだ。

「神に仕える者を手にかけようというのですか?」彼女は声をあげた。「ということは、あの非道きわまりないおこないもあなたがたが……」と、先ほどエイダルフとともに梁《はり》からおろした老修道士の遺体を片手で示す。

まさにそのとき、男がもうひとり納屋に入ってきた。彼らの仲間であることは明らかだった。彼は光沢のある鋼《はがね》の兜《かぶと》を被っていたため、そのせいで背が高く見え、そのいっぽうで顔は隠れていたため、年齢を見きわめるのは難しかった。フィデルマには、目鼻立ちが整っていて鮮やかな青い瞳をしている、というふうに見えた。彼は片隅に立つと、フィデルマとエイダルフをじっと見据えた。薄い唇はきつく結ばれている。

ひとりめの男が片手をあげたまま立ちつくしていると、射手のひとりが苛立たしげに咳払いをした。「シアルダはどうするんで？　修道士の中には医者もいるっていいますがね」

いわれたほうはためらっていた。

「さっさと始末して片をつけろ」新たにあらわれた男が、鮮やかな青い瞳でふたりを冷ややかに見やり、噛みつかんばかりにいった。「それでなくとも、ここ数日は手違いばかりでうんざりだというのに」

ひとりめの男が敵意もあらわに彼を一瞥《いちべつ》した。「俺のせいじゃない。こんなややこしい計画にしたおぼえもない。確かにこいつのいうとおりだ」彼はフィデルマとエイダルフに向き直った。「あんたたちのどちらかに、治療の心得はあるか？」

フィデルマはためらいつつも、エイダルフが会話についてこられているかどうかわからなかったので、みずから進んで口にした。「ブラザー・エイダルフはトゥアム・ブラッカーンの学問所で薬学を修めています」

男は面白がっているかのように、エイダルフをしげしげと眺めた。「ではあんたのおかげで、このサクソン人はもうすこし人生を謳歌《おうか》できるというわけだ。ふたりともついてこい」

「まだあなたが何者なのかを伺っていません」フィデルマはひらき直ったように答えた。

「名乗るほどのもんじゃない」

「名乗るのが恥ずかしいのですか？」

ここで初めて、この若者のおもざしに苦々しい表情がよぎった。つややかな兜を被った男が目立たぬように前に出て、彼の腕に片手を置いた。フィデルマはその動作を見逃さなかった。この若い武人は挑発に乗りやすい質《たち》なのだ。憶えておけばいつか役に立つこともあるだろう。男はなんとか平静を取り戻し、ふたたびあの嘲《あざけ》るような笑顔に戻った。

「俺の名はクラドッグだ。人は、クラドッグ・カカネンと呼ぶ」

「まあ、〝雀蜂《すずめばち》のクラドッグ〟?」まるで子どもを宥《なだ》めるような口調で、フィデルマはいった。「聞かせてもらえませんか、クラドッグ、なぜあなたが、いにしえの英雄のしるしを首につけているのかを? まさか丸腰の修道士と戦った功績を称えて、その栄誉が与えられたわけではありませんよね?」

若者は思わず首のトルクに手をやった。そのおもざしに、先ほどとは違う種類の怒りの表情がふいに浮かんだ。

「こいつは」彼はゆっくりと答えた。「〈チエスター《カイル・レギオン》の戦い〉でシェリフ王を斃《たお》したときのものだ。サクソン人のやつらが犯した罪を忘れたとはいわせまいぞ」

兜姿の男が戒めるように咳払いをした。「お喋りはもう充分だ。この修道士どもを連れていってシアルダの手当てをさせたいなら、またしても手違いが起こらぬうちにさっさと出発するぞ。おまえたちふたりは射手の前を歩け。すこしでもふざけた真似をすればたちまち矢が飛んでくる。虚仮《こけ》おどしでいっているのではないぞ」

今こそ口を挟むところだ、とここで初めてエイダルフは思った。

「そこのウェールズ人《ウェリスク》」彼は、サクソン人がブリトン人を指していう、〝異国人〟をあらわすサクソン語の言葉を用い、いった。「よいのですか、このおかたは〝キャシェルのフィデルマ〟、キャシェル王の妹君にあらせられるのですよ」

フィデルマが咎《とが》めるような表情で眉根を寄せ、くるりと彼に向き直った。「格言をお忘れですか、〝レディーメ・テー・カプトゥム・クァム・クエーアス・ミニモ！（自由を取り戻すには代償を最低限にとどめよ）〟」彼女は呟いた。

兜を被った男はエイダルフからフィデルマに視線を移すと、いきなり笑いだした。「おやおや！ どうやらこのサクソン人も一人前に口がきけるようだ。貴重な情報をありがとうよ。アイルランドの姫君だと？ では姫君、あんたがこのサクソンのご友人に、囚われの身となったときには代償をできるだけ少なくしろ、などとわざわざ吹きこんでも無駄というものだ。だがあんたの身分を知ったからといって、そのご立派な兄君とやらにわざわざ身代金の打診をするかといわれれば、それもはなはだ疑問だが。そんな遠い場所との交渉など煩わしいだけではないか」

「ではあなたがたは、単なるそこらの無法者集団というわけですね？」フィデルマはみずからを捕らえている者たちを傲然と睨《ね》めつけた。

クラドッグ、と名乗った男の頬が怒りに赤らんだ。「無法者だと？ ダヴェドでは確かにそうかもしれない、だが単なるそこらの者じゃない。俺は――」

「クラドッグ！」なにかが破裂したような鋭い言葉が、兜姿の男から発せられた。彼は唐突にフィデルマとエイダルフを振り向いた。「無駄話はたくさんだ。先に立って歩け！」と、前庭を指し示す。

「あなたにもお名前がおありですの？」フィデルマはまるで畏縮《いしゅく》していなかった。それどころか、自分たちを捕らえている者たちの間にうまく不和の種を蒔《ま》いてやれたことに、内心ほくそ笑んですらいた。

兜を被った男は一瞬彼女を見据えた。「ここではコリンと呼ぶがいい」彼は無愛想に答えた。

「雀蜂と蜘蛛《くも》が共存するだなんて、聞いたこともありませんわね」〝コリン〟とはこちらの言葉で〝蜘蛛〟を指す言葉だと知っていたので、フィデルマは朗《ほが》らかにいった。

「驚くのも無理はない」答えが返ってきた。「さあ、行くぞ」

おもてに出てフィデルマは驚いた。完全武装で立派な馬に乗った六人の男たちがそこにいたからだ。さらに大きな農作業用の荷車があり、ふたりの男がそれに乗っていた。積荷をいっぱいに載せているようだったが、中身は防水布で隠れていた。乗ってきた馬たちが警告を発していたことや、門扉が開いていたことにもっと注意を払っておくべきだった、とフィデルマは自分自身を責めた。

「あんたたちも馬で来たようだな」ふたりの馬をじっくりと見ながら、クラドッグがいった。「馬具も豪華だし、しかも純血種だ。あんたら神に仕える連中には、いい後ろ盾《だて》がついてるってことだ」

「その馬は、われわれがグウラズィエン王から賜《たまわ》ったものです」エイダルフがむきになっていった。

「なるほど。あの老いぼれにとっては痛くも痒くもなかろうよ。とはいえ、目的地まではまだしばらくある、それぞれの馬に乗っていくといい」

「どこへ向かうのですか?」エイダルフが問いただした。「しかも身代金が期待できないといいながら、なぜ私たちを捕虜にして連れていくのです?」

「いいから乗れ!」コリン、と名乗った男が吐き捨てた。「質問は許さん!」

エイダルフはいうとおりにした。それ以外にどうしようもなかった。

クラドッグは荷車の男たちのほうを向いていた。「いいな? 済ませしだい合流しろ」

彼は騎馬のまま、フィデルマとエイダルフを取り囲んでいる一団の先頭まで来ると、片手を振って合図をし、一行を率いて颯爽《さっそう》と進みはじめた。南にある、鬱蒼《うっそう》と茂る広い森の方角をまっすぐにめざしているようだ。確かスァヌウンダへの道中で、ブラザー・メイリグがあの森の名前を口にしていた。なんといっただろう? 〈ファノン・ドゥルイディオンの森〉ではなかったか?

よりにもよって、人殺し集団と出くわすはめになろうとは。このあたりには追い剝ぎが出る、とブラザー・メイリグに聞いてはいたが、まさかここまで大規模な、完全武装した集団だとは思ってもみなかった。それがわかっていれば、前もってグウラズィエンなりグウンダなりに衛兵をつけてもらったものを。正直にいえば、彼女は自分自身のことよりも、エイダルフの身を案じていた。サクソン人であるエイダルフが、ブリトン人の国にひとりほうりこまれて不安な気持ちを抱いていると話していたとき、もうすこしきちんと耳を傾けておけばよかっただろうか。ふたつの民族間の歴史にまつわる長年の憎悪がいかに根深いかを理解していないわけではなかったが、分別のほうが勝るものとばかり思っていた。偏見というものが、他人を傷つける理由に充分なり得ることを、彼女は完全に失念していた。

男たちの一団の先頭で、クラドッグと馬を並べているコリンの姿かたちを、彼女はじっくりと観察した。奇妙にも、彼の容貌にどこか見おぼえがあるような感じがしてならなかった。どこかで会っているのだろうか？　それとも単に誰かに似ているだけだろうか？　もしそうならば、誰に？

彼は聡明で、学があるように思われた。ラテン語も話せる。少なくとも、先ほどフィデルマがエイダルフに向かって口にした、追い剝ぎ連中はただの修道女には身代金など要求しないだろうが、それが身分の高い女性ともなれば、高い代償金をふっかけてくるにちがいないのだから、そうやすやすと出自を明かしてもらっては困る、という警告の言葉の意味は、間違いなく理解していた。

この一団の頭《かしら》とみられるクラドッグも、充分な教育を受けてきた者のようだ。首にはトルクをつけているが、それを指摘したらどこか訳ありな反応を示していた。クラドッグもコリンも、いかにも追い剝ぎであるとか無法者であるとかいう雰囲気はなかった。だがいかなる謎が隠されているにせよ、今の時点では、たがいの道が交差したことは忌々しく厄介なできごととしかいいようがなかった。ともかくなんとかして逃げねばなるまい。クラドッグとコリンを含め、騎馬の男たちは総勢九名だった。無法者どものほとんどが弓矢を手にしているため、今は逃げようとしても無駄だろう。彼らの弓は長さが一メートル以上あり、かなり遠くまで矢を飛ばすことができるにちがいないからだ。目的地に到着するまで辛抱《しんぼう》し、機会が訪れるのを待つしかなかった。

彼女はエイダルフをちらりと盗み見た。友人たる彼は、悩ましげな深い皺をおもざしに寄せていた。彼は単に、フィデルマが望むだろうからと、このたびの調査を引き受けることを決めた彼女につき合ってこの地へ来ただけなのだ。彼はずっと不安そうだった。ふたりで聖デウィ修道院へ赴き、トラフィン修道院長に会いに行く前ですらどこか怯えていた。エイダルフは理由もなく不安を訴えるような人物ではないのだから、彼のためらいにもうすこしきちんと向き合うべきだったのかもしれない。自分の虚栄心や傲慢《ごうまん》が原因で彼の身が危険に晒《さら》されるようなことにでもなれば、彼女は一生自分自身を許すことなどできないだろう。ポルス・クライスでおとなしく待ち、寄り道などせずにカンタベリーへの旅を続ければよかったのだ。彼女はぐっと歯を嚙みしめた。くよくよしても始まらない。

やがて、木々の鬱蒼と茂る場所に出た。クラドッグは明らかに道を知っているとみえ、馬の足並みを緩めることなく速歩《はやあし》で駆けていき、後続の者たちも素早く縦一列となってそのあとを追った。彼らが馬の速度を落とさずに、捕虜であるふたりを器用に縦列の中心に囲むようすを見て、フィデルマとエイダルフは、男たちが一流の乗り手であることを悟った。そしてしばらくの間、細長い馬の列は、枝葉の絡み合う濃い緑の間を猛烈な速さで駆けていった。いつしかひらけた場所に出ていたことにフィデルマは気づいた。湖と呼ぶにはすこし小ぶりの水辺に、細い川が勢いよく注いでいる。片隅には古い埋葬室があり、その周囲には仮づくりの小屋やテントが点在していた。中央で焚かれている炎の上には深鍋がかかっている。その奥には横木が一本渡してあるだけの、厩《うまや》代わりとおぼしき、馬を繫《つな》いでおくための場所があった。

野営地にはさらに六人の男たちがいて、前に進み出てくると、捕虜のふたりを興味深げにしげしげと眺めた。

「こいつらは何者だ、クラドッグ?」そのうちのひとりが訊ねた。ずんぐりと太った、いかにも野外生活に慣れているという雰囲気の男だ。

「スァンパデルンで拾ってきた」馬の背からするりとおりながら、クラドッグが答えた。

「こいつには医術の心得があるそうだ」と、親指でエイダルフを指す。

「こいつらは知ってるのか？」男が訊ねた。

「その緩い口には轡《くつわ》でもはめておけ！」傍《かたわ》らへやってきたコリンが険しい声でいい放った。「おまえたちも同様だ。誰もこの捕虜どもに話しかけてはならん」

男たちは興味津々とばかりに、フィデルマとエイダルフをじろじろと見やった。

「よそ者か？」まだ髭を剃る必要すらなさそうな若者が甲高い声でいった。

「アイルランド女《グウィズエル》とサクソン人だ」クラドッグが答えた。

問いたげな呟きがあがった。

「おりろ、サクソン人」コリンが命じた。

エイダルフは馬をおりた。フィデルマと言葉を交わす暇すらなく、彼は無法者に腕をぐいと摑まれ、無理やり引っ張られていき、薄暗い小屋の中へ押しこまれた。床に男がひとり寝かされていた。

「医者ならばなんとかしろ」コリンはいい放つと、エイダルフを残して出ていった。

エイダルフは男を見おろした。眠っているように見える。彼は慌てて小屋の扉に駆け寄った。

フィデルマは騎馬のまま、馬からおりた男たちに取り囲まれていたが、彼女がいきなり動くことのないよう、手綱はがっちりと相手の手に握られていた。

「この女がいうには、こいつらは、ダヴェド王などと名乗っている役立たずの愚か者から」クラドッグは続けた。「直々に任じられたのだそうだ。クリドロ神父の修道院で起こった修道士たちの失踪について調査せよ、と」

　馬鹿笑いが起こった。

「サクソン人に任務を与えるとは、グウラズィエンの老いぼれも耄碌《もうろく》したものだ」甲高い声の主が声をあげた。

「任務を賜ったのは私です」フィデルマの声は低く、氷のように冷ややかだったが、男たちの馬鹿騒ぎの中でも響きわたった。彼らは静まり返り、好奇のまなざしで彼女を見た。

　クラドッグがくつくつと笑って前に進み出た。「俺がご紹介しんぜよう。こちらは〝キャシェルのフィデルマ〟、かの国の王妹殿下だそうだ」

「そのキャシェルってのはいったいどこのことだ？」男のひとりが訊ねた。

「知らんのか！」クラドッグが笑みを浮かべた。「アイルランド五王国の最大の国のひとつだ。かの国の領土は、この王国を数度呑みこんでもまだ足りぬほど広い」

　エイダルフは無法者の見識の深さに思わず仰天した。

「じゃあ、金があるってことか？」甲高い声が訊ねた。

「ああ、あるとも」クラドッグが応じた。

「なぜグウラズィエンの老いぼれは、スァンパデルンの調査をその女になど任せたんだ？」

別の男が問いかけた。

「ああ、それは彼女がドーリィーだからだ、わが友人たちよ」

「〝ドウリー〟ってのはいったいなんだ?」その男がさらに問うた。

「〝ドーリィー〟とは、無知なるわが友よ、わが国におけるバーヌウルと同じようなものだ。犯罪や謎を調査し判決を申しわたす、すなわち裁判官のことをいう」

「しかしなぜアイルランド人を? ダヴェドにはバーヌウルが足りねえのか?」

「さあな? やつにとっちゃ、信頼の置けるバーヌウルなんぞひとりもいないんだろうよ」

クラドッグはにやりと笑みを浮かべた。

「おそらく」フィデルマが冷ややかな声のまま、いった。「グウラズィエン王ご本人に訊ねてみればよろしいのでは? とはいえそのためにメネヴィアへ行く勇気などないでしょうけれど」

クラドッグは笑みを浮かべて彼女を見あげた。まるで永遠に貼りついているようなその笑顔は、彼女から見ればまったく信頼の置けぬものだった。

「やめろ! もういい!」コリンが険しい声でいい、前に進み出た。「捕虜どもと誰も話してはならん、といったのを聞いていなかったのか?」

クラドッグはその場に立ったまま、苛立たしげに仲間の男を見つめた。「俺の仲間どもがすこしばかり楽しむのすらいかんというのか?」

「お楽しみは、われわれの目的が達成されたときまで取っておくんだな」

「だが確かに、そこは気になるところだ、コリン。ドーリィーだかなんだか知らないが、なぜあの老いぼれはこの女にそんな任務を？　なぜアイルランド人なんぞに？」

一味の者たちがぼそぼそと賛同の呟きを発した。エイダルフはたまらなくなり、小屋の入り口から思わずこう叫んだ。「シスター・フィデルマは、謎解きにかけては名声を博しているおかたなのです」

クラドッグが振り返り、にやりと彼に笑みを向けた。「われらがサクソンの友人殿は言葉が少々不自由なようだ。お察しのとおり、あの男はこの善良なる修道女殿とは違い、俺たちの言葉にはさほど通じていない。だがやつが話せば、そこにある情報にはけっして無駄はない」彼は言葉を切り、フィデルマに向き直った。「ペトロニウス[2]の『サテュリコン』はご存じか、姫様？」

フィデルマはその質問に驚いた。「ええ、読みました」彼女は認めた。

クラドッグは頭を垂れた。「彼はこう著している。〝ラーラム・ファキト・クム・サピエンティア・フォルマ〟めったにないことだ」

フィデルマはさっと顔を赤らめた。彼が引用した文句は、〝美しさと知恵とが共存することは稀だ〟という意味だったからだ。

「それなりの学識はおありのようですわね、クラドッグ。舌からはいくらでも甘い蜜《みつ》を垂らすことができます。あなたにはプラウトゥスの言葉をお返しいたしますわ。〝ウビ・メル・イビ・アペス〟……〝蜜は蜜蜂を誘《いざな》う〟、蜜蜂は刺すものだということをお忘れなく」

クラドッグは太腿を叩いてげらげらと笑いだし、一味の者たちは、自分たちの親分とフィデルマの間で交わされたラテン語の微妙な意味合いなど当然理解できずに戸惑い顔だった。

「今宵《こよい》はぜひもてなしを受けていただきたい、姫君。俺が直接行って、丸焼きにする鹿を探してくるとしよう」

「私どもをいつまで捕らえておくつもりですの？」

「とりあえずしばらくはここにいてもらう」

「この狼藉《ろうぜき》がダヴェド王の耳に入ったらいかなる処分がくだされるか、あなたは恐ろしくないのですか？」

「それは、もしこの話が王の耳に入れば、の話だ」彼は、もし、の部分を強調して答えた。

「かような振る舞いが、王に知られずにすむと思っているのですか？」

クラドッグは動揺すら見せなかった。「思ってるとも」

あまりにも飄々《ひょうひょう》としている彼の姿に、フィデルマは怒りすらおぼえた。そこで相手の感情をかき乱してやろうと考えた。「ダヴェドが動かずとも、私の兄が――」

「それがどうした？」コリンが割って入った。「あんたがキャシェルへ戻らなければ、兄君はさぞ嘆き悲しむことだろう。たかがそれだけだ。姿をくらまして音沙汰なしになる巡礼者など山といる。珍しくもなんともない。カムリとの国境地帯ではサクソン人が消息知れずになることなど日常茶飯事だ。さあ、もう充分からかってやっただろう」彼は意味ありげにクラドッグを見た。

クラドッグは頷いた。「俺をいいくるめて自由の身になろうとしても無駄だ、それに援護隊が助けに来てくれるかもしれないなどという期待も抱かぬことだな。あんたとあのサクソン人はクラドッグ・カカネンの客人だ、それさえわかっていればいい」そう命じると、彼はくるりと背を向けた。

コリンが怒りの表情で勢いよくエイダルフを振り向いた。「治療しろ、といったのを聞いていなかったのか、サクソン人？」彼は剣に片手をかけ、詰め寄った。

エイダルフは小屋の奥へ引っこみ、屈みこんだ。床に寝かされた男は、むさ苦しい身なりに髪もぼさぼさで、明らかに無法者集団のひとりとみられた。眠っているのか、と最初のうちは思ったが、そうではなく、半ば意識はあった。隅に寄せた箱の上に、揺らめく炎をともした蠟燭《ろうそく》が置いてあったので、エイダルフはそれに手を伸ばした。

男の額に片手を当ててみると熱があるようだった。蠟燭を掲げ、毛布をまくりあげてみると、男の患《わずら》いの原因がすぐにわかった。腹部の片側に傷があり、おびただしく出血していた。深くはないが、傷口が抉《えぐ》れていて、炎症を起こしている。

いつの間にかコリンが小屋に入ってきて、エイダルフの肩越しに、じっとそのようすを見おろしていた。

「なにか手の施しようはあるか？」無法者が問いかけた。

「なにでやられた傷です？」傷を調べながら、エイダルフは訊ねた。「なぜ炎症を起こしているのですか？」

「肉切り用のナイフだ。だから傷口が抉れている」

「あなたがたの中で、杉苔《すぎごけ》を見わけることのできる人はいますか？」

コリンは頷いた。「むろんだ。それなら川べりにいくらか生えている」

「それを取ってきてください。それから私の鞍袋も」エイダルフは、旅のさいには小ぶりの医療用鞄を常に携えていた。

コリンは一瞬ためらったのち、踵《きびす》を返して小屋を出ていった。彼が誰かに向かって厳しく命令をくだす声がエイダルフの耳に届いた。熱に侵された男がいきなり彼の手首を摑んだ。かっと両目を見ひらき、彼をじっと見つめている。

「やったか？」その声は真剣だった。

エイダルフは宥めるように笑みを浮かべた。「寝ていなさい。身体を楽にして。大丈夫ですから」

男は彼の手首を握りしめつづけた。「ふい打ちを喰らった。そこでやつを……追いこんで……肉切りナイフで。やられた。やつを……なんとしても殺さにゃならなかった……ちゃんとやったか？」

「やったから安心しろ、相棒」エイダルフは小声でいった。男が力尽きたようにふたたびどさりと横になったところへ、コリンがふたたび入ってきて、鞍袋を床に置いた。

「この男の名はなんといいますか？」エイダルフが訊ねた。

「シアルダだ」コリンが答えた。「なぜだ？」

「医者が名前を知っていると、患者が安心することがままあるのです」エイダルフは皮肉交じりに指摘した。彼は鞄を手に取ると忙しく手を動かしはじめ、熱い湯を申しつけた。湯と杉苔は同時に届いた。

「なにをしているのだ？」エイダルフが傷を清潔にしたあと、コリンが訊ねた。

「解熱効果のある鹿の子草《かのこそう》の煎じ薬を飲ませて、傷口を洗い、紫詰草《むらさきつめくさ》の花と鰭玻璃草《ひれはりそう》と牛蒡《ごぼう》を蒸留したものを、杉苔に染みこませて湿布します。あとはもう祈るしかありません」

コリンは出ていき、無法者のひとりを呼んでエイダルフを見張らせた。手当てが終わったとたん、見張りはエイダルフを乱暴に小屋から引きずり出した。彼は両手を後ろ手に縛られ、先ほどのものよりも大きくて暗い小屋に連れていかれて、中へ押しこまれ、壁ぎわの支柱に繋がれた。男は去りぎわに、いきなりエイダルフの口もとをしたたかに殴った。エイダルフはのけ反った。

「こいつは兄貴のぶんだ、サクソン人め！　兄貴は奴隷狩りでおまえらサクソン人に殺された。いっておくが、楽に死ねると思うなよ」

男が出ていくと、小屋の反対側から身動きする物音がした。暗がりの中からフィデルマの声がした。

「怪我をしているのですか？」心配そうな声が訊ねた。

「運がよかったほうですよ」エイダルフはごく平然と答えた。唇を舐めると塩辛い血の味がした。「とりあえず歯は折れていません」

「よかったとはいえない状況ですけれど」フィデルマはつとめて明るくいい、縛《いまし》めを確かめた。簡単にはほどけそうにない。彼女の言葉はすでに、ふたりの共通の言語であるアイルランド語に戻っていた。「なにをしろといわれたのです？」

エイダルフはかいつまんで話した。「これだけは確かです」彼はいった。「あの男があなたをどうするつもりにせよ、あの連中にとっては、私はただのサクソン人です。あのシアルダという男が生き延びられるとわかったら、あるいは助からないとわかったら、とたんに私は用なしでしょう」

フィデルマは不安げにため息をついた。「弱気にならないでください、エイダルフ。これまで私たちは幾度も危険をくぐり抜けてきましたし、今回もかならず乗り越えられるはずですわ」

エイダルフは先ほどから手首を締めあげている縛めをほどこうと奮闘していたが、やがてそれを諦め、すこしでも緩める方法がないかと模索した。フィデルマは彼が虚《むな》しい努力をする物音にしばし耳を傾けていたが、やがてたしなめるようにいった。「エイダルフ、選択が目の前に迫るまでは、避けられぬものと闘っても無駄にしかなりません」

「おっしゃいますが、ではあなたがしじゅう引用しているパブリリウス・シーラス(3)の助言はどうなのです？」エイダルフが苛立たしげに詰め寄った。

「シーラス？」フィデルマにはわけがわからなかった。

「あなたは、なにかといえばパブリリウス・シーラスの言葉を引き合いに出すではありませんか。〝必要に迫られれば、あらゆる武器は役立つものとなり得る〟と彼が説いていたのをお忘れですか？ 今こうして必要に迫られている以上、事態を打開するための武器を探すのが得策では？」

ほんの一瞬、ふたりの間に沈黙が漂った。

「私たちがいい争ってもしかたがありませんわ、エイダルフ」ようやくフィデルマが口をひらいた。「では、その武器とやらを見せてください、そうしたら私がそれを役立ててみせましょう。武器などなく、現時点では自由を手に入れる手段がない以上、今は、自分たちの置かれている状況をじっくりと考えてみるよい機会ではありませんか」

エイダルフは心の内で呻《うめ》いた。フィデルマの正論にぐうの音も出なかった。「あまり意味があるとも思えませんがね」彼は指摘した。

「私が思いますに、クラドッグ一味は、修道院が無人であることを知っていました。ひょっとすると、私たちが中にいることも知っていたのかもしれません」

「まさか――」

「そんなばかげた、といいたいのですか?」フィデルマが遮った。「そうかもしれません。ですが私たちに気づかれずに入ってくるには、初めからできるだけ足音を立てないように馬を近づける必要がありました。彼らは呼び鈴すら鳴らさなかったのです。ただ門を通り抜け、納屋までやってきて私たちのふいを突きました。思うに、彼らはすでにあの場所に来たことがあったのです」

「そうだとして、ではなんの目的で?」

「さまざまな事実を吟味《ぎんみ》すれば疑問は湧いてきますが、その答えが同じようにたやすく得られるわけではないのですよ、エイダルフ。クラドッグは、私たちがあの場所にいたことをあらかじめ聞かされていたのでしょうか? そうだとすればいったい誰に? そのことを何人が知っていたのでしょう? さらにいえば、その者たちはなぜクラドッグをあの場所に寄越し、私たちを連れ去らせたのでしょうか? あの場所で起こったできごとの真相を私たちに暴かれては困るということでしょうか? あの老人は修道院長のクリドロ神父なのでしょうか? なぜあのように、私たちが発見するほんの数時間前に縛り首にされることになったのでしょう?」

「石棺の中のホウィッケ人を忘れておいでですよ」エイダルフが暗い声で呟いた。

フィデルマは暗がりの中で笑みを浮かべた。「ホウィッケ人ですね。いいえ、忘れてなどいません。じっさいのところ、もしクラドッグ一味が以前にもスァンパデルンを訪れていたのだとすれば、彼の存在が俄然《がぜん》、意味のあるものとなってきます」

エイダルフは縛めの縄が届く範囲で、身体の向きを変えた。「ともかく、後生ですから、あの連中の前でホウィッケの名は出さないでください。あの男と私に関わりがあると思われかねません。私のこの世での寿命は、今や私が願うよりもはるかに儚《はかな》いものなのです」

フィデルマは依然考えこんでいた。「あるいは、クラドッグは礼拝堂の石棺の中に死体があることをすでに知っているのでは」

「知っているわけがありません」エイダルフが語気を強めた。

「なぜそういえるのです？」

「知っていたなら、そのことを黙っていたはずがありません。私がサクソン人であると知ったとたんに、当然あからさまな言葉を投げつけてきたことでしょう」

彼女はしばらく無言だったが、やがてふたたび深いため息をついた。

エイダルフは懲《こ》りずにときおり縛めを引っ張っていたが、まったく外れそうになかった。手も足も出ないのが歯痒《はがゆ》かった。つい(4)先頃も、ファールナ修道院の独房で死を待ちながら数週間を過ごすはめになったというのに、こんなにもすぐ、ふたたび無力な囚われ人になってしまうとは、やり場のない怒りと失意を抱かずにはいられなかった。

小屋の反対側がふいに静かになったので、エイダルフは、どうやらフィデルマは瞑想に入ったらしいと察した。これは〈デルカッド〈瞑想〉〉の行《ぎょう》と呼ばれ、外界から入りこむ雑念や苛立つ心を抑えるために、幾星霜《いくせいそう》の昔より、アイルランドの幾世代もの神秘家《ミスティック》たちが、シーハーン、すなわち〝心の静謐〟の境地を求めて極めてきた瞑想法であった。自分もこの修行をしておけばよかった、とエイダルフは思った。フィデルマとともに過ごすうちにわかったことだが、彼女は心理的圧迫を感じると、このいにしえの行をたびたび実践していた。だがかつて聖パトリックは、これらが異教の時代におこなわれていたものであるという理由から、瞑想の行をはじめとするこうした自己啓発のいくつかを、真っ向から否定していた。だが〈デルカッド〉については、アイルランド五王国の教会はこれを黙認し、賛同はしないにせよ、禁止するまでには至らなかった。フィデルマがいうには、〈デルカッド〉とは悩める心の内に巣くう緊張を解きほぐし、心の乱れを鎮めるための手段なのだ、ということだった。

時が過ぎていった。すこしずつ空気がひんやりとしはじめ、夕暮れの影がしだいに濃くなってきた。おもてでは焚き火の炎がちらちらと明滅し、男たちのやかましい笑い声がしていた。

フィデルマは不安げに身じろぎをした。「あの炎を見てひとつわかることがあります、エイダルフ」と声をひそめていう。

「なんです？」暗い小屋の反対側からエイダルフが返事をした。

「クラドッグ一味は、炎の明かりが誰かに見とがめられるのではないかという恐れは抱いていません。自分たちの身が危険に晒されることはないと確信しているかのようです」

彼女はふいに口を閉ざした。小屋の戸口に人影があらわれたからだ。相手の顔はふたりには見えなかったが、暗がりから聞こえてきたのはクラドッグの声だった。

「さてお約束どおり、準備も整った。俺たちの宴にあんたをご招待しよう、主賓としてな、姫君」

第九章

クラドッグが小屋に入ってきて屈みこみ、小屋の壁ぎわの支柱から、フィデルマを縛りつけている縄を解いたが、手首の縛《いまし》めはそのままだった。彼はフィデルマを立ちあがらせると、自分の先に立たせてゆっくりと出口へ促《うなが》した。男がエイダルフに見向きもしないので、彼女は戸口でぴたりと足を止めた。

「私の連れは?」彼女は詰め寄った。

「サクソン人か?　そいつはそこにいればいい」

「食事や飲みものを与えないつもりですか?」

「そいつにはなにか運ばせる」クラドッグはエイダルフを話題から追いやった。「あんたは特別に招待してやる。ぜひあんたと話がしたくてな、サクソン人とではなく」

フィデルマはいつしか乱暴に外へ押し出されていた。焚き火があかあかと燃え、灼熱の炎の上では巨大な串に刺さった鹿が炙《あぶ》られていた。ふたりの男が肉の焼き加減を見ており、残りの者たちは火を囲んで酒を飲みながら騒々しく喋っていた。

焚き火から離れたところでは夕暮れの空気は冷たく、フィデルマは、木の燃える温もりをありがたくすら感じた。クラドッグは、焚き火の向こう側にぽつんと建ててある、動物の皮でこしらえたテントの前の、丸太の置いてある場所まで彼女を連れていった。それは、このひらけた土地に点々とある同じようなテントのひとつで、おそらくクラドッグやその一味はそこで寝起きしているのだろうと思われた。

「ここじゃ雑なもてなししかできないがな、キャシェルの姫君」クラドッグはいい、丸太を指さして彼女に座るよう身振りで示した。彼女がそのとおりにすると、男は手を伸ばして彼女の手首の縛めを解いた。

「さあ、寛《くつろ》いで飲み喰いするといい。だがうちの連中がそこらじゅうにいて、逃げ出そうとしても無駄だってことはよく憶えておけ」

「よりによってあなたがたのもとに、私の連れを置き去りにして逃げるわけなどありません」彼女はとげとげしい口調でいった。

クラドッグはにんまりと笑うと、彼女の隣に腰をおろした。「そいつはじつに賢明だ。俺たちはとにかくサクソン人が気に喰わん。それが修道士ともなればなおさらだ」

コリンが近づいてきた。彼は兜《かぶと》を脱いでおらず、細面《ほそおもて》の顔は今も一部が隠れたままだった。フィデルマは彼から、つんと強い匂いのする蜂蜜酒《ミード》の入った広口の杯を渡された。その手はしなやかで手入れが行き届いており、いわゆる武人や手作業に勤《いそ》しんできた者のような荒れた手ではなかった。フィデルマは杯を受け取ったものの、口はつけなかった。

「賢いやりかたとはいえんな、クラドッグ」コリンが男たちを見やり、ぼそりといった。

クラドッグは腹立たしげに視線をあげた。「俺には俺のやりかたがある」

「われわれは協力関係にあるのではなかったのか?」

無法者どもの頭《かしら》は乾いた笑い声をあげた。「それとこれとは別だ」

コリンはため息を押し殺し、焚き火のそばに戻ってほかの者たちの輪に加わった。フィデルマが飲みものに口をつけていないことに、クラドッグが気づいた。

「俺たちの蜂蜜酒はお気に召さないかね、姫君?」彼は訊ね、自分の手に持った杯を勢いよく呷《あお》った。「こういう夜には身体が暖まる」

「私の連れに食べものと飲みものを運んでくださるといったでしょう」フィデルマの声は低かったが、断固たる響きがあった。「彼に食事と飲みものが運ばれたら、私もいただくことにしますわ」

「サクソン人はあとまわしでいい」クラドッグは平然と答えた。「俺たちの用が先だ」

「いいえ」フィデルマが唐突に立ちあがり、クラドッグは呆気に取られて止めることすらできなかった。「これは彼のところへ持っていきます」彼女はそう告げると一歩踏み出したが、そこに誰かが立ちはだかった。コリンだった。彼は、しなやかで手入れの行き届いた手にはおよそ不似合いな、万力のごとく凄まじい力で彼女の腕を鷲掴《わしづか》みにした。フィデルマは驚いて息を吞んだ。コリンがさらににやりと口角をあげた。

「〝ヴァリウム・エト・ムータービレ・センペル・フェーミナ（女は常に移り気で変わりやすいものだ）〟、なあ、クラドッグ？　この女をちゃんと見張っておけ。だから賢いやりかたではないといったんだ」

「待て！」クラドッグが立ちあがった。そのおもざしに不快感が露骨にあらわれていた。「あんたにとってそんなに重要なことならしかたない、お連れのサクソン人には食事と飲みものをかならず運ばせよう」

コリンの万力のような手に腕を掴まれて、フィデルマはその場にただ立っていた。それ以外になにができようはずもなかった。

クラドッグが全身で怒りをあらわしながら、コリンに向き直った。「その手を離して、あのサクソン人に食事と飲みものを運ばせろ」

男は、掴んだ手をすぐに離そうとはしなかった。「どのみち死ぬ男に飯を喰わせてどうする？」

「つべこべいわずにやれ」無法者の頭が吐き捨てた。「爪弾《つまはじ》きにするぞ」

掴まれていた手をいきなり離され、彼女はその勢いでコリンと向き合う恰好になった。男の鮮やかな青い瞳には、怒りと敵意をみなぎらせた炎がめらめらと燃えていた。やがて男は表情を消すと、肩をすくめ、焚き火のまわりにいる仲間たちに向き直り、怒鳴り声で命令をくだした。男たちのひとりが面倒くさそうに立ちあがり、焼いた鹿肉をすこし切り分けて木製の皿に載せた。そして蜂蜜酒の入った広口の杯を手に持ち、小屋へ向かった。

フィデルマは満足して、クラドッグに視線を戻した。彼はすでにふたたび腰をおろしていたが、青ざめた顔になんともいえぬ表情を浮かべてコリンをじっと見つめていた。

「それで、私たちを殺すおつもり？」フィデルマは彼の前に立ちはだかると、静かに訊ねた。

「サクソン人とは馬が合わないんでね」彼は素っ気なく答えた。

「見たところ、あなたは誰とも馬が合わないようですけれど」彼女は、焚き火のそばに座っているコリンをちらりと見やった。

クラドッグがゆっくりとかぶりを振った。「まったく、気の強い女だな？　うちの連中がなにを考えてるかまでは俺も責任は持てん。ここで命令をくだすのは俺だが、とりあえず今のところは、誰かを殺せなどとは俺は誰にも命じていない。だからとにかく座れ」

フィデルマには応えてやる気などなかった。

「座れっていってるんだ、アイルランド女《グウィズエル》！」命令は鋭い口調で発せられた。「コリンから命を救ってやったんだぞ、感謝してしかるべきだ。あいつはスァンパデルンであんたたちふたりを殺すつもりだった。医術の心得があるから、といってあのサクソン人を生きながらえさせてやったのは、俺だからできた芸当だぞ」

フィデルマは無表情のまま、ぎごちなく腰をおろした。クラドッグの口ぶりからすると、彼はなぜか、みずからの振る舞いについていちいちコリンに弁解せねばならぬようだ。彼女を捕らえた男はくつくつと好意的な笑い声をたてた。

「どうやらあんたは最高の客人のようだ」茶化すようにいう。

「私になにを求めているのです、クラドッグ？」彼女は詰め寄った。「なぜブラザー・エイダルフと私を捕虜として手の内にとどめておこうとしているのですか？」

「こうやってあんたと食事ができる、それ以上なにを望めっていうんだ？　さあ、腹いっぱい喰って、お喋りを楽しめばいい。俺が教養のある人間で、知的な会話に飢えてるってことがわかってくるだろうよ」

「お仲間とお話しすればよろしいでしょう」コリンのほうを顎で指しながら、フィデルマは皮肉たっぷりにいった。「ウェルギリウスの文句を引用することができるのですから、さぞ教養のある人物にちがいありませんわ」

クラドッグは眉根を寄せた。彼女の言葉が引っかかったようだ。

「ラテン語がわかる連中なんざそこらじゅうにいる」彼はまるで弁解するようにいった。

「さあ、肩の力なんか抜いて、食事を楽しもうじゃないか」

「むしろ森の中で餓死したいくらいですわ」彼女は勢いこんで答えた。「少なくとも野生生物と一緒にいるほうがましです」

「嫌われたもんだな」若者は笑みを貼りつけたまま、しみじみといった。「だが嫌いって感情は、あんた自身の欲求の裏返しだ」

フィデルマはつい口もとが緩んでしまった。「嫌おうにも、あなたをそこまで存じあげませんわ、クラドッグ」彼女は面白がるような口調で諭《さと》してやった。「あなたのことは間違いなく嫌いですし、それは確かに欲求に基づくものですけれど」彼が目をみはったが、彼女はそのまま続けた。「私の抱いている欲求は、あなたがここから千マイルくらい遠くへ行ってくれればいいというものです」

クラドッグはベルトに差していた鋭いナイフを抜くと、これ見よがしに手の中でくるりと器用に回してみせ、立ちあがると、焼き串に近づいて、焼けた鹿肉を数枚薄く切り取り、二枚の木製の皿に載せた。そして振り向いて片方の皿を彼女に渡すと、ふたたび腰をおろした。「あんたほど聡明なお人なら、姫君、アンティステネス(1)は読んでいると思うが」ややあって、彼がいった。

「あなたがたのようなただの追い剝ぎが、高名な哲学者たちの著書を読んでいるとは驚きですね。ウェルギリウスに始まり、今度はアンティステネスですか」

クラドッグは、彼女の揶揄《やゆ》するような言葉には反応しなかった。「姫君、あんたは俺が嫌いだとずいぶんはっきりと口にするが、それならアンティステネスの言葉を思いだすといい。〝汝が嫌悪する者を、汝の敵を注視せよ。なぜなら彼らは、汝の欠点と過ちを最初に見いだす者であるからだ〟」

フィデルマはわずかに首を傾げた。「私の最も好きな哲学者はパブリリウス・シーラスです。彼の著作を読んだことは？」

「格言ならいくつか知っている」

「彼はこういっています、〝敵からの好意を得ることは危険きわまりない〟と。敵を友人と呼んでよいのは、その相手が死んだときだけです」

「パブリリウス・シーラスねえ」クラドッグが鼻で笑った。「ローマへ連れてこられて[2]、先人の感情にばかり阿《おもね》った戯曲を書いて自由を刈り取ろうとした、あのアンティオキア出身のただの奴隷ふぜいか？」

「あなたは、彼の格言と戯曲、そして彼がアンティオキア出身であることを非としているのですか、それとも彼が、その手で自由を勝ち取ったローマの奴隷だから賛同できないのですか？　あなたがたの先祖とて同じ道を通ったはずです」

「俺の先祖は違う！」クラドッグが怒りの声をあげ、フィデルマは驚いた。

「奴隷としてローマに連れていかれ、自由を勝ち取ったブリトン人たちとゴール人たちのことをいっているのです」

「やつらのことなんか知るか。一緒にするな」

「あなたは明らかに聡明な人のようです、クラドッグ。あなたは何者なのです？」フィデルマは唐突に訊ねた。「ただの無法者にしては、あまりにも知性に満ちています」

若者は彼女をちらりと見やった。揺らめく炎が生み出す影が、彼のおもざしに浮かんだ表情を隠していた。

「それはもう話したはずだ」

「無法者の〝雀蜂《すずめばち》のクラドッグ〟」フィデルマは答えた。「けれどもなぜそうなったのです？　さすがに生まれながらにして盗っ人というわけではないでしょう」

若者は乾いた笑い声をたてた。「俺は、かつて与えられていた運命よりも、より多くを手に入れられる人生を求めて今の俺になったんだ。だがあんたをこの宴に誘ったのは俺の話をするためじゃない」

焚き火の反対側からやかましく騒ぎ立てる声がした。コリンがまわりにせがまれ、弦楽器を手にしたのを見てフィデルマは思わず驚いた。その姿に、彼女は母国でよく演奏される、弦が対角線状に張られた四角い小型のハープ、ケシユを思いだした。コリンが歌いはじめると、話し声がしだいにやんだ。テノールの、心地よく甘い歌声だった。

「冬の日に　牡鹿は痩せ細り
素早く逞しきは黒き鴉《からす》
颪は嵐雲のごとく颯《そう》と流《なが》る
異邦の者を信ずる者に　禍《わざわい》あれ
弱き者に禍あれ　弱き者に禍あれ」

フィデルマは不服そうに鼻を鳴らした。「今の歌があなたがたの信条ですか、クラドッグ？ "弱き者に禍あれ" と？」

「これ以上素晴らしい信条があるか？」無法者は認めた。「この世を受け継いでいくのは強き者たちだ」

「では、あなたはキリスト教徒ではないのですか？ 主はおっしゃっています、"幸福《さいはひ》なるかな、柔和《にうわ》なる者。その人は地を嗣《つ》がん"（『マタイ伝福音書』第五章五節）と。そうした考えはいっさい持っていないということですか？」

「俺はキリスト教徒ではない。雄々しさと強さを否定する教えに賛同するつもりはない。あんたたちの神は奴隷たちの神であり、そのまま奴隷であれ、という。貧しくあれ、空腹であれ、裸であれ、と。あんたたちの神は、貧しき者を奴隷としてこき使う裕福な者がでっちあげた神だ。くだらない話をするな！ そのような奴隷の教えなど聞きたくもない！」

フィデルマはしげしげと若者を眺めた。声を荒らげ、感情を昂《たか》ぶらせている。

「あなたも貧しく、奴隷とされていたということですか、クラドッグ？」

彼は腹立たしげに彼女に向き直った。「あんたにいったい――」彼はふと口をつぐんだ。「俺は別に……」

フィデルマは優しく微笑んだ。「あなたの心に怒りがたぎり、断じて許すものかという覚悟があるのは私にもわかります。ルカはこう記しています。〝赦《ゆる》さるる事の少《すく》き者は、その愛する事もまた少し〟（『ルカ伝福音書』第七章四十七節）と」

「そちら側の教えを俺に説くな、アイルランド女《グウィズエル》。それは俺たちには必要のないものだ。ともかくあんたもキリスト教徒なら、俺みたいな罪人《つみびと》の存在も認めるべきだ」

フィデルマは戸惑い、そう口にした。

「あんたらの教えでは、罪深き者ほどよき聖人となる、というらしいじゃないか？　罪を犯せば犯すほど、あんたたちのキリストとやらはその者を許してくださるのだろう？」

「誰からそう教わったのです？」

「キリスト教の書物に記されているじゃないか。キリストはいったんだろう、〝われ汝《なんち》らに告ぐ、かくのごとく悔改《くいあらた》むる一人の罪人《つみびと》のためには、悔改《くいあらため》の必要なき九十九人《くじふくにん》の正しき者にも勝りて、天に歓喜《よろこび》あるべし〟（『ルカ伝福音書』第十五章七節）と。あんたたちの聖書に書いてあることだ」

「つまり罪を犯すことこそ自分の得意分野だ、と？　それがあなたの、心の平安と満足感を得られる道だというのですか？」フィデルマは鼻で笑った。

クラドッグは平然としていた。「知性にものをいわせた駆け引きで俺を怒らせようなどとしないことだ、アイルランド女《グウィズエル》。そちらの修道院じゃそれが定石《じょうせき》らしいがな」

「精神の研鑽《けんさん》はわが国だけに限られたことではありません。私どもの国には頭の冴えを磨くための〈木の智《フイシエル》〉(3)という木製のゲームがありますが、これと似たものがカムリにもあると聞いています」

クラドッグはどうでもよさそうに頷いた。「こちらではグウィズウィズという。わが国の偉大なる武人アルトゥル（アーサー王）はこのゲームがかなり強かったそうだ」

「では、むろんあなたもそこらのアイルランド人に負けず劣らず、知的な駆け引きが得意だということですね」フィデルマはちくりといった。

クラドッグは蜂蜜酒の入った水差しに手を伸ばし、彼女の杯をふたたび満たそうとした。フィデルマはかぶりを振った。そこで彼は自分の杯に酒を注ぐと、しみじみと彼女を見た。

「あんた、いい女だな」やがて彼はいった。

その声の変化に、フィデルマはふいに不安を感じて身じろぎをした。

「あんたみたいにいい女が、なぜ修道院になど属している？」

「魅力とは相対的なものです。人生において特定の職業に身を置くことを外見が妨げるべきではない、ということになにか理由がいりますか？　人の見た目とはしばしば、内側にあるものを偽り覆い隠しているものです。それならクラドッグ、あなたは、いぼだらけで、黒ずんで欠けた歯の、むさ苦しくて醜い小男でなくてはいけないでしょう」

クラドッグは一瞬ためらい、やがて楽しげにくつくつと笑い声をたてた。「なかなかいい答えだ、アイルランド女《グウィズエル》。じつにいい。美しさの陰にはたいてい腹黒さが隠れているものだ、ってことか？　だったらあんたはその美しさの陰になにを隠している、〝キャシェルのフィデルマ〟?」

鋭く発せられた質問に、フィデルマは一瞬面喰らった。

「私が議論しているのは――」彼女はいいかけたが、クラドッグが遮《さえぎ》った。

「あんたたちキリスト教徒の中には、聖職者は全員禁欲生活を送るべきだと主張する者たちもいるそうじゃないか。だがあんたはそういうわけじゃないんだろう?」

フィデルマの頰にさっと朱が差した。

「隠そうとしても顔には出ちまうようだな」彼女が答えずにいると、クラドッグは続けた。

「どのみちあなたには関係のないことです」彼女はぴしゃりといい放った。「ですがあなたもご存じのとおり、キリスト教の教えがそのように強制しているわけではありません。ローマ・カトリック教会では修道院長や司教は結婚しないことが好ましいとされるのでしょうが、かならずそうしなくてはならないと明言している戒律はありません」

どうやら目の前の男は、まさしく乾燥した火口《ほくち》のごとき気性の持ち主のようだった。ほんのわずかな火花のかけらひとつでたちまち炎が燃えあがり、とたんに豹変されかねない。激しやすい質《たち》のようだ。だが、相手のこの気性をうまくいなせば、今のこの囚われた状況から、エイダルフともども抜け出す機会も生まれるにちがいない。

クラドッグは下卑《げび》た笑みを彼女に向けた。「あんただって、むろん男がいたこともあるんだろう。貞淑な女なんてのは結局、お呼びがかからなかったってだけのことだ。あのサクソン人はあんたの男なのか？」

　フィデルマはまた頬が熱くなるのを感じた。彼女はふたたび息を整えると、いうべき言葉を探した。

「クラドッグ、あなたは聡明ですし、教養もあるかたとお見受けしました。品性のある人間が口にするにふさわしい話題というものがあることくらいご存じのはずです。話を変えましょう」

　クラドッグは荒々しい笑い声をあげた。「俺に教養があるなどと思っているなら、とんだ勘違いだ、アイルランド女《グウィズエル》。忘れてるようだが、俺はただの無法者だ。あんたは俺にとっ捕まっていて、しかもこの森には俺たちだけだ、そしてあんたは俺の力にゃ手も足も出ないときている。じつに刺激的じゃないか？」

「刺激的？」フィデルマは下唇を突き出した。「妙なことをおっしゃいますのね。確かに、気がかりには感じておりますけれど、それは私自身のことではなく……むしろあなたのことです」

　クラドッグはその言葉の意味を摑みきれず、ふと戸惑ったようすだった。

「気がかり？　俺のことがか？」笑顔が引きつっている。「女ってのはたいてい、許してくれだなんだと泣きわめくもんだが、そんなことをいう女はあんたが初めてだ」

　危険だ、と知らせる直感に、フィデルマは震える身体を懸命に抑えた。「あなたは法律を拒絶し、キリスト教を拒絶しています。この世、そして次の世におけるあなたの運命を、修道女たる私が案じずにいられましょうか?」彼女は重々しく答えた。

「心配してもらえるとは嬉しいね。つまり、あんたは俺に対してなんらかの感情を抱いているということだ」

「むろんですわ。たとえていうなら、施しを受け入れようとしない病《やまい》の者や、物乞いを憐れむような感情ですけれど」彼女は即座に切り返した。

とたんにクラドッグが激昂《げきこう》し、罵《のの》りの言葉を吐いた。彼は立ちあがり、のしかかるようにフィデルマの前に立ちはだかった。「いい加減にしろ。現実に目を向けるがいい。俺のテントはそこだ。先に立って歩け。自分がなんのために連れてこられたかくらい、とうにわかっているだろう」

凄まじい怒りのこもった吐き捨てんばかりの声だった。フィデルマは焦りを感じ、どうにかこの場を逃れる術《すべ》はないかと模索したが、身体が動かなかった。

「現実から目を背けているのはむしろあなたでしょう」彼女は震える声で、なんとか話をそらそうとした。「私がなんのためにここにいるというのです?」

あくまでもはぐらかそうとするフィデルマに、クラドッグはひどく苛立ちをおぼえた。ここまで追い詰められてもまだ自分に逆らう女になどお目にかかったことはなかった。

「鈍感なふりもそこまでだ、姫君」男が凄んだ。「ものわかりの悪いふりをするには、少々あんたは賢すぎる。いい思いをさせてやるのはあのサクソン人だけってわけか？」

彼の淫《みだ》らな視線をフィデルマは受け止めた。「無礼にもほどがあります、クラドッグ。さしあたりは、蜂蜜酒を飲みすぎたせいだということにしておいてさしあげましょう。では……」と立ちあがる。「私は、連れのいる小屋へ戻ります」

クラドッグは千鳥足で近づいてくると、彼女に摑みかかろうとした。「いいや、姫君。あんたは俺のテントに来るんだ。今夜はたっぷり俺の相手をしてもらおうじゃないか！」

焚き火にあたりながら、先ほどから振り向いてこちらを見ていた一味のひとりかふたりが、品のない笑い声をあげながら猥雑《わいざつ》な言葉を投げかけてきた。

「じゃじゃ馬に手を焼いてんのか、クラドッグ？　鞭で打ち据えてやれ！」

「今夜は頭のお相手か、じゃあ明日は俺の番だ！」別のひとりがわめいた。

フィデルマは素早く一歩あとずさり、伸びてきたクラドッグの両手を避けた。

「あなたも所詮ただのけだものということですか、クラドッグ？」彼女は鼻で笑った。「道徳を持たぬ単なる動物なのですね？　修道女に劣情を向けようというのですか？　では、むしろ動物の糞のなれの果てと呼んだほうがよろしいかしら。せいぜいそれがお似合いですわ」

クラドッグは息を荒くして立ちつくしていた。「俺を愚弄《ぐろう》して恥をかかせたつもりか、アイルランド女《ウィズエル》？　気の毒だがその手は通用しない。血筋でいえば俺だって充分張り合える。俺があんたと違うのは、身のほどがわかってるってことだ。司教どもや侍祭どもの戯言《たわごと》ならさんざん聞かされてきた。逃げようったって無駄だ、だからいい加減つれない態度はよせよ。あんたみたいないい女が、男の中の男に見つめられてまんざらでないわけがない」

すがめた目で相手を見ながら、フィデルマは唇を引き締めた。口がからからだった。「男の中の男？　ええ、男の中の男に関心がないなどとは申しませんわ。ですがあなたはそうではありませんから、私としては、ただ不憫な動物であるあなたに憐憫《れんびん》の念を抱くばかりです」

クラドッグ一味の者たちは笑い声をあげた。中には手を叩きながら、その異国の女にしっかりお仕置きしてやれ、などとクラドッグに向かって囃《はや》し立てる連中もいた。クラドッグは表情をこわばらせていた。フィデルマに虚栄心をちくりとやられたせいだ。

彼は罵りの言葉をあげながら、ふたたびフィデルマに飛びかかってきた。

彼女が半身をひねり、男は勢い余って彼女の脇へよろけた。すんでのところで踏みとどまると、男はくるりと振り向き、今一度彼女に向き直った。焚き火の明かりに浮かびあがった男の両目には邪悪な光が宿っていた。彼はまたしても摑みかかろうと両手を伸ばし、フィデルマに向かってきた。

彼女が身体の重心を保ちつつ、両手を伸ばして男に立ち向かおうとした、かに見えた。ほとんど身体を動かしたようには見えなかったが、次の瞬間、彼女はクラドッグの身体をぐいと後方へ引き、相手が向かってきた勢いを利用してふわりと片側の腰に乗せ、そのまま地面に投げ飛ばした。

彼女はそのまま受け身の体勢を取った。彼女の国に伝わるいにしえの技は、クラドッグにとってはまったく未知のものだったようだ。かつて信仰の言葉を伝えるために数多《あまた》の国々を広く遠く旅していた宣教師たちは、盗賊や追い剝ぎ集団の襲撃に対しては無力だった。自衛のために武器を携えることはよしとされていなかったため、そこで彼らは〝防衛による戦法〟――すなわちトウリッド・スキアギッドなる技を編み出したのだった。フィデルマは、武器を用いることなく身を護るこの武術を、まだ年端もいかぬ頃から学んでいた。

　クラドッグは這いつくばりながらふたたび立ちあがると、わけがわからないとばかりに頭を振った。手下たちの笑い声が彼の癇《かん》に障った。

「武人が聞いて呆れるな！　丸腰の女ひとりに完敗とは！」ひとりが大声でいった。

「手に負えねえんなら手伝ってやるぜ？」別のひとりが声をあげる。

「俺にやらせろ」三人めが野次を飛ばした。「俺なら手助けなんざいらねえ」

　クラドッグはもはや理性も吹き飛ばんばかりに怒り狂っていた。「どうやらあんたにはお仕置きが必要なようだ、アイルランド女《グウィズエル》」彼は唸り声でいった。

「自分が相手に罰を与えられるほどの人間だとお思いですの？」フィデルマは笑い飛ばした。

「あなたのご家来たちは、むしろお仕置きが必要なのはあなただと思っているようですよ」

　挑発的な態度を取っているのはわざとだった。怒らせれば相手はたいてい過ちを犯す。クラドッグは怒りの雄叫びをあげ、もう一度彼女に向かってきた。もはや奇襲はきかないだろう。頭に血はのぼっているだろうが、次はこちらの動きを読んでくるにちがいない。先ほどと同じ手は使えなかった。男は駆けてくると、騙《だま》し討ちのようにすいと身体を片側に傾けた。いっぽうフィデルマも相手がそうするだろうことは半ば予想していたので、とっさに一歩あとずさり、片足を踏みしめると、男がもう一度背中を伸ばした瞬間に、もう片方の足を勢いよく蹴りあげた。勢いのついた鋭い蹴りが、男の股間にしたたか命中した。

クラドッグは苦悶の叫び声をあげ、地面に倒れてのたうちまわった。

このまま有利にことを運べればとフィデルマは考えたが、すでに凄まじい形相をしたクラドッグの仲間たちが、ぐるりと半円を描くように彼女を取り囲んでいた。逃げ道はなかった。ふたりが剣を抜いていた。別のひとりが、地面に倒れて嘔吐しているクラドッグに駆け寄った。

「ひでえやられようだ」男は仲間たちを振り返り、いった。

「殺せ」コリンが感情のこもらない声で命じた。「あのサクソン人もだ。スァンパデルンで殺しておくべきだった。シアルダはほうっておいてもそのうち回復するだろう」

男のひとりが剣を振りかざした。

フィデルマは怯むまいと身を硬くした。

「やめろ！」

叫び声はクラドッグのものだった。あたりは暗く、焚き火の炎が揺らめいているだけだったが、必死に痛みに耐えている青ざめた彼の顔がフィデルマにも見えた。彼は仲間の手を借りて立ちあがると、支えてもらいながら、よたよたと彼女に近づいてきた。

「だめだ！　その女にはまだ手出しをするな。役に立ってもらおうじゃないか」彼の口もとが陰気な笑みにひらいた。「自分のしたことを後悔するがいい、アイルランド女《グウィズエル》」男は喰いしばった歯の間から彼女に告げた。

「後悔するなら、あなたにもっと厳しいお仕置きを与えなかったことくらいですかしらね」どうやらこの場で殺されずにはすむらしい、という安堵の思いをひた隠しながら、彼女は辛《しん》辣《らつ》に答えた。

コリンは眉をひそめた。「まだこんな茶番を続けるつもりか？」彼が詰め寄った。

クラドッグは聞こえていないふりをした。「その女はもう一度小屋へ連れていけ。縛っておくんだ」

荒々しい手に両腕を摑まれ、その腕を背中でひねりあげられて、手首にきつく縄が巻かれる感触がし、フィデルマは思わず痛みに息を呑んだ。そのまま小屋のほうへ突き飛ばされるように進まされた。するとクラドッグの声がした。

「サクソン人を連れてこい！　やつを本来の神であるウォドンのもとへ送り届けてやる前に、少々楽しませてもらおうじゃないか」

「そのようなことはさせません！」押さえつけてくる手を必死に振りほどこうとしながら、

フィデルマは声のかぎりに叫んだ。「なぜ私のしたことでエイダルフを痛めつけようとするのです？　男らしく負けを認めたらどうですか？」

「なんなら見物するかね？」クラドッグが鼻で笑った。「ああ、だがあんたが見ていたら、逆にあのサクソン人に、毅然《きぜん》と死を受け入れる覚悟なんてものを与えちまうかもしれないな。そんな場面ならいくらでも見てきた。サクソン人てのは、信じる神の名を口にのぼせながら、〈英雄の広間〉とかいう不死の国に受け入れられることを夢見て、勇敢に死に向かっていくそうじゃないか。それじゃいかん。あんたはせいぜい、慈悲を請うやつの哀れな声でも聞きながら、涙に暮れてりゃいい。さあ、やつを連れてこい！」

男たちは彼女を暗い小屋の中へ押しこんだ。地面に突き飛ばされて、思わず息が詰まる。小屋の壁ぎわにもとどおり繫《つな》がれながらも、あまりの苦悩に胸は潰れんばかりだった。

「早くしろ！」小屋の外からクラドッグの怒鳴り声がした。「ひと晩じゅう待たせるつもりか。あのサクソン人をここへ連れてこい。俺は、お楽しみを早く始めたくてうずうずしてるんだ」

「エイダルフ！」フィデルマはようやく、喉の奥から声をひねり出した。

すると、追い剝ぎ連中のひとりが驚きの叫び声をあげるのが聞こえた。男がたいまつを高く掲げて小屋の中を照らしたので、彼女はまばたきをして懸命に目を凝らした。

彼女は小屋の反対側の、エイダルフが縛られていた場所を見た。そこに彼はいなかった。

断ち切られた縛めの縄が落ちており、傍《かたわ》らには木製の皿が置かれていて、その上には手つかずの鹿肉の薄切りが載ったままだった。希望の光に、彼女の心臓がどくんと跳ねあがった。

遠くで馬のいななく声がし、集落の向こう側にある獣道を、馬が蹄《ひづめ》を響かせて遠ざかっていく音が彼女の耳に届いた。

やがて幾人かが一斉に叫びだし、あたりは騒然となった。

「馬が一頭逃げたぞ！」

「サクソン人だ！　とんずらしやがった！」

半狂乱とすらいえるようなクラドッグのわめき声がした。「サクソン人だと？　ほんとうか？　やつが逃げたのか？」

無法者の頭は小屋にずかずかと入ってくると、断ち切られた縛めを見やり、フィデルマを見おろした。彼はぎりりと歯ぎしりをした。

「心配するな、アイルランド女《グウィズエル》。やつなどすぐに見つかる。ここらの森は俺たちにとって庭みたいなもんだ。どいつもみな隅々まで知り尽くしてる。やつを連れて戻ってきたら、あんたたちふたりとも、もう殺してくれ、終わりにしてくれと俺にすがって頼みたくなるくらいの凄まじい苦痛をじっくり味わわせてやる。死んだほうがよっぽどましだろうよ」

「ならばまずエイダルフを捕まえてごらんなさい」彼女は怒りもあらわに吐き捨てた。「さんざん大口を叩いていますが、クラドッグ、あなたのいったことは、これまでなにひとつ実に現してはいないではありませんか。どうせ捕まえることすらできないのでしょう」

男の両目にたちまち殺意がみなぎった。彼女が身構えたとき、コリンがふいに彼の傍らにあらわれ、その腕を摑んだ。

「サクソン人が逃げたんだぞ！」彼は声をひそめていった。「そんなことをしている暇はない。個人的な復讐はあとにしろ」

クラドッグはふとためらい、瞳に怒りの炎をたぎらせた。ややあって、ようやく気持ちを収めたようだった。彼はくるりと踵《きびす》を返すと小屋をあとにし、一味の者たちに大声で指示をくだしはじめた。おもてのひらけた土地で人々の動く気配がし、それぞれが馬に乗りこむ物音がして、やがて下生えの枝を踏む音とともに馬たちが出ていった。彼女はひとりきりで真っ暗な小屋の中に取り残された。

心の片隅ではエイダルフがうまく逃げてくれたことを喜んでおり、彼が追っ手をうまく撒《ま》いてくれればよいがと願っていた。だがじっさいは先の見えない孤独に苛《さいな》まれ、不安に呑みこまれそうだった。たったひとりきりで、手も足も出ぬまま、クラドッグと殺し屋の一味に捕らえられたままなのだ。クラドッグが戻ってきたらもはや手のつけようがないだろう。彼女は横たわり、遠ざかる馬の蹄の音に耳を澄ましながら、エイダルフはどこへ向かったのだろうと思いを馳せた。スァヌウンダをめざし、ブラザー・メイリグか、ペン・カエルの領主グウンダに助けを求めるつもりだろうか。だがそれがうまくいったとて、たとえ迷わずに戻ってこられたとしても、救援を連れてこの場所へ戻ってくるまでにはかなりの時間を要するにちがいないうえ、クラドッグが野営を移動しないともかぎらない。

彼女は虚《むな》しく縛めを引っ張った。びくともしない。クラドッグ一味が戻ってくるまでにどのくらいの時間があるのだろう。

どうかエイダルフが無事に逃げおおせてくれますように、と彼女は祈った。

すると暗がりの中で物音がした。振り向くと、男とおぼしき人影が小屋に入ってくるのが見えた。

第十章

フィデルマはともかく身を護ろうと立ちあがった。

「静かに！」ひそめた声がした。

フィデルマは信じられないとばかりに息を呑んだ。「エイダルフ！」小声でささやく。安堵と驚きが胸の中で交ざり合った。「ここでなにをしているのです？　とうに遠くへ行ったのだとばかり」

エイダルフが彼女の傍《かたわ》らに両膝をついた。その両手が、彼女の縛《いまし》めを解こうと忙しく動いている気配がした。

「ともかく、クラドッグとあの汚い輩《やから》どもがあなたと同じ勘違いをしてくれていることを願いますよ。私が馬に乗って逃げた、とね」朗《ほが》らかな声が返ってきた。

「どうやって縛めを逃れたのです？」

「簡単なことです。あの男が私のところへ鹿肉を持ってきたときに、食べものを口もとまで運べるよう、縛めを片手だけ緩めてくれ、と頼んだのです。あの愚か者は、片手だけで縛めは充分だと思いこんだのでしょうが、私はすぐに結び目を――」

「もう一度捕まったら、今度こそふたりともクラドッグに殺されます」彼女は遮《さえぎ》った。

「わかっています。ずっと聞いていましたから。なにもされていませんか?」やや遠慮がちな声が聞こえた。

「大丈夫です。クラドッグのほうは、自尊心が傷ついたどころの話ではないでしょうけれど」彼女は容赦なくいい放った。

「あなたは例の護身術を心得ておいでですから、彼の相手くらいは朝飯前だろうと思っていました。私は小屋の中に隠れて、あとからあなたを助け出そうと思っていました。ところがクラドッグが、まだ若い身空《みそら》の私を殉教者にしてやろうというのが聞こえたので、そのような大望を叶えさせてやるわけにはいきませんから、私は誰にも見られぬようにそっと森へ逃げこみ、あなたが小屋に戻されるところを見守っていました。そして一頭の馬の手綱をほどき、脇腹をぴしゃりとやると、馬は全速力で獣道を駆けていったというわけです」

彼がひとしきり吐き出すと、フィデルマの手首を縛めていた縄がふいに緩んだ。

「ようやく自由の身になりましたわ!」彼女は早口にいうと、血の巡りの悪くなった両手首をさすった。

エイダルフに手を借り、彼女は立ちあがった。

「これからどうしますか?」彼がすでになにかしら思いついているらしいと踏んで、フィデルマは訊ねた。

「連中は、私たちの馬二頭を繋《つな》いだまま出かけていきました。ですから私たちは馬に乗って、やつらが向かった方角とは反対方向をめざせばよいのでは」

ふたりは急いで小屋を出たが、ふいにフィデルマが彼を引き留《と》めた。その理由はすぐにわかった。

「止まれ！」声が響いた。見張りに残されていた無法者のひとりが一目散に小屋のほうへ駆けてきた。焚き火の明かりを受けて、抜き身の剣がぎらりと光るのがふたりの目に映った。

「動くな。逃がさんぞ」

エイダルフはとっさの行動に出た。地面に手を伸ばし、泥をひと掴みすると、男に向かって投げつけたのだ。といってもそれほど強い力で投げたわけではなく、単に無法者の目をそらすためだけのものだったので、難なくよけられてしまった。だがエイダルフはそれと同時に、積んである薪の山へ飛びこんでいき、とりあえず手に当たった丸太を掴んだ。そしてそのままの勢いで振り向き、防御の姿勢で身を屈めた。先ほどのその場しのぎの攻撃になどたいした威力はなかったと気づいた敵が、ふたたび体勢を整えつつあったからだ。エイダルフは相手が動くより早く、丸太を振りかざして男に向かっていった。剣を振るうにはたがいの距離が近すぎたため、ややあって、エイダルフが、男の側頭部に丸太を力任せに叩きつけた。

「行きますよ！」無法者が地面に倒れ伏すのを見るまでもなく、彼がフィデルマに呼びかけた。すでに彼女が馬の手綱を解いていた。ふたりはエイダルフを先頭に颯爽《さっそう》と馬を走らせ、クラドッグ一味が向かった獣道とは反対方向に延びている道を駆けていった。

あたりはすっかり暗くなり、森の中は、枝葉の天蓋《てんがい》によってさらに暗さが増していた。梢で突風が唸った。フィデルマはちらりと視線をあげ、暗闇に目を凝らした。

「じきに雨になります、エイダルフ」彼女は呼びかけた。「これは、空が荒れる前触れの風です。間違いありません」

「ならば足止めになるどころか、むしろ好都合です」エイダルフが答えた。「少なくとも、足跡は消してくれます」

いったいどのくらい遠くまできたのか見当もつかず、ともかくかなりの距離を旅してきたらしい、としかフィデルマにはわからなかった。だがそのとき突然、稲光《いなびかり》が空に閃《ひらめ》き、とたんに荒々しい雷鳴があたりに轟《とどろ》いた。馬たちは不服を申し立てんばかりに、怯えたいななきをあげた。冷たい氷の針のような雨が滴りはじめ、みるみるうちに激しさを増した。

「これではとても進めません」フィデルマは呼びかけた。「ここはどのあたりなのでしょう?」

「星は見えませんでしたからね。そういえば確かに、こうなる前にも空は嵐雲に覆われていました」エイダルフが答えた。「ですがおそらく、西か、あるいは南西に向かっているはずです。森はスァンパデルンから見て真南の方角でしたから」

またしても稲光が閃き、凄まじい雷鳴が響きわたって彼の言葉を遮った。

「どこか雨宿りできるところを探しましょう」エイダルフがいった。「雨が激しすぎます」

私たちの足跡を雨が洗い流してくれて、むしろ幸運だったかもしれません」フィデルマが答えた。「馬をおりて、手綱で牽《ひ》いていったほうがよいでしょう。「馬たちは雷鳴と稲光ですっかり怯えていますし」

エイダルフはしぶしぶながら、そうするのがいちばんだと認めた。彼も知るとおり、フィデルマは、よちよち歩きを始める前から馬に乗っていたほどの乗馬の達人なのだ。彼はといえば、徒歩で旅するほうが慣れていた。ふたりは馬をおり、木々の間を激しく打ちつける雨のせいで、足もとの道が泥でどんどんぬかるんでいくのを感じながら、手綱を牽いて小径《こみち》を進んでいった。

まばゆい稲妻《いなずま》がもうひとつ走った瞬間、エイダルフがふと立ち止まり、稲光に照らし出された、本筋の道を外れたところにある細い小径を指さした。

「あのあたりに岩壁が見えたように思います。岩が張り出していました。あそこなら雨を避けられるはずです。なにもないよりはましでしょう」激流のごとく叩きつける雨の音と、巻きあがる嵐の音にかき消されまいと、彼は先ほどから声を張りあげていた。

フィデルマはただ頷いた。

「ここで待っていてください！」エイダルフが大声でいった。「安全かどうか確かめてきます」

彼は馬を牽き、小径を取って返した。たちまち暗闇と土砂降りの雨が彼の姿を呑みこんでしまった。フィデルマは、落ち着かないようすの自分の馬の頭の脇に立ち、すこしでも宥《なだ》めてやろうと優しく話しかけたり鼻先を撫でたりしながら、じりじりする思いで待っていた。やがてエイダルフがふたたび姿をあらわした。「大丈夫そうです」彼は呼びかけた。「行きましょう。あの張り出した岩は広い洞穴に続いていて、馬と一緒に雨をしのげそうです。私の馬はもう置いてきました。大きい洞穴ですし濡れてもいません」

フィデルマは彼のあとについて、慎重に馬を牽きながら、枝を分け入り、ぬかるんだ小径を進んでいった。

雨はやや勢いを増していた。まるで激しい風雨が森の中をかきまわしているかのようだった。それはあたかも、荒天の神が熱く焼けた稲妻の鋤《すき》を幾度も地面に突き刺し、そのたびに雷鳴の凄まじい轟きを響かせながら、ふたりを探し出そうとしているようにすら思えた。一度などは、どうやらすぐそばに雷が落ちたようだった。小高い山のあたりで木々の間から炎があがったが、いくらも経たぬうちに激しい雨に消されてしまった。

フィデルマは、ひょっとするとサクソンの雷神スノール[1]が私たちに復讐しているのだろうか、などという罰《ばち》当たりな考えをつい頭に浮かべてしまった。彼女の国の人々とて、ついひと昔前までは、荒天は神々や女神たちのなせる業《わざ》だと考えていたではないか。そういえば、スノールというのはアイルランドの雷神トランとも、ブリトンの同等の神であるタラニス[2]ともすこし似ている。だがやがて、そんな考えごとも振り払った。

張り出した岩はかなり大きく、フィデルマは苦もなく馬を連れてその陰に入ることができた。エイダルフのいったとおり、その奥には暗い、というよりもむしろ漆黒《しっこく》の闇に近い洞穴がぽっかりと口を開けていた。彼の馬は洞穴の中で不自由そうにしていた。繋いでおく場所がどこにもないため、馬は遠くへ歩きださぬよう、エイダルフに手綱で前脚を縛られていたからだ。彼の用心深さに感心しつつ、フィデルマは思わず笑みを漏らした。なかなか馬のことをわかっている。彼女はすぐさま彼のしたとおりにした。

洞穴はひろびろとしていて乾いていたが、ふたりともずぶ濡れのうえ身体は冷えきっていた。

「さすがに火を熾《おこ》すのは無理でしょうね？」彼女は訊ねた。

「乾いた焚きつけや木片が見つかるかどうかすら怪しいものです」エイダルフが答えた。見えているのは、洞穴の入り口を背にした黒い影だけで、稲妻が光ったときにだけ彼の姿が浮かびあがった。「たとえ見つかったとしても、はたして火を熾してよいものかどうか。クラドッグの野営地からまだそれほど離れていません。いかなる注意も惹かぬほうがよいでしょう」

「この荒天が続く間は、さすがにあの者たちも追いかけてはこないでしょうけれど」彼女はきっぱりといった。「用心に越したことはありませんね」

外がすこしでも明るくなり、さらに願わくは風雨が収まってくれたならば、すぐにでも、クラドッグ率いる人殺し集団との間の距離を稼いでおく必要があった。それまでの間は、この濡れて冷えきった身体でなんとか耐え抜かねばならなかった。エイダルフのいったとおり、燃やせるような乾いたものはなにひとつ見つからなかったため、ともかく今できることをするしかなかった。

暗闇でほとんど視界がきかぬ中、エイダルフは手探りの感触を頼りにしつつ、二頭の馬の鞍をすでに外していた。彼は洞穴の片隅に、表面の滑らかな丸岩を見つけた。なにやら支度をしているらしき物音がフィデルマの耳に届いた。

「鞍の下の敷きものをここに置きました。だいぶ湿っていますが、冷たい岩の上に座るよりはましなはずです。とりあえずおたがいの身体で暖を取っていれば、そのうち服も乾くでしょう」

フィデルマとエイダルフは身を寄せ合って丸岩にもたれかかった。生きている者どうしそうせざるを得ず、たがいの体温が必要だったからだ。洞穴の外では嵐が過ぎ去りつつあったが、黒々とした雨雲はあいかわらず森の上空に渦巻いており、あたり一面に滝のような雨が凄まじく降りそそいでいた。

「きっと朝には雨もやみますわ」エイダルフの腕の中に心地よく収まりながら、フィデルマがぽつりといった。

エイダルフはしばし無言だった。「朝のうちにまっすぐ西をめざせば、海岸線に出るはずです。ですがそれよりも南へ向かう道を探すべきでしょう」

「なぜ南へ？」彼女は一瞬戸惑い、訊ねた。

「聖デウィ修道院へ戻る道を見つけるためです」腕の中でフィデルマがわずかに身を硬くしたのがわかった。

「まだ、グウラズィエンから与えられた任務をやり遂げていませんわ」

「そうでしょうか？　スァンパデルンが襲撃を受けたことは突き止めました。そのうえ、ホウィッケの武人の遺体まで見つかったのです。かの修道院と王の子息の身になにが起こったのかは一目瞭然です」

「一目瞭然だとは、私には思えませんわ。私はスァンヴェランに行ってデウィに会い、彼が発見したという複数の死体について話を聞くべきだと思います」

エイダルフは愕然として顔の筋肉をこわばらせた。「あのクラドッグが近くをうろついているかもしれないというのに、まだこの地に残るとおっしゃるのですか？」彼は詰め寄った。「あの常軌を逸した人殺し集団に追われているのに、このうえ情報を求めて動きまわるなんて」

「ここで引きさがるわけにはいかないのです、エイダルフ」彼女は静かな声でいった。「ここで逃げたら、グウラズィエンから託された任務ばかりか、私のドーリイーとしての誓いすら踏みにじることになります」

「ですがさすがに……」エイダルフは困惑しつつ訴えた。彼女の有無をいわさぬ説得力に、彼が勝てるはずなどなかった。

「なんでしたら、あなただけ先に修道院へ戻っていても構いませんよ」フィデルマは彼を遮り、きっぱりといった。「そこで私を待っていてくだされればよろしいでしょう。けれども、私の頭の中に次々と湧いてくる疑問を、このまま解こうとすらせずに敗北を認めてしまうには、この地にはあまりにも邪悪なものごとが多すぎるのです」

エイダルフはしばらく黙りこんでいた。「スァンパデルンにも戻るおつもりですか?」

「スァンパデルンへは戻りません。おそらくクラドッグは、私たちがそこへ向かうと踏んでいるでしょう。暗くてひとけのないあの場所で調べるべきことは、すでにひととおり調べ終えました。今は先ほども申しあげたとおり、なにか情報が得られないか、スァンヴェランに向かうべきでしょう」

「そのあとはどちらへ?」

「スァヌウンダに戻ります。ブラザー・メイリグとグウンダに、クラドッグとその一味の存在を知らさねばなりません。グウンダならば民を彼らから護るための力を備えているでしょうし、私自身も彼の庇護を求めるつもりです。ひょっとするとブラザー・メイリグとグウンダが、あのクラドッグと無法者の一味についてなにかしら知っているかもしれません」

「やつが盗っ人で、女性の敵で、殺人未遂犯だという以外に、ほかにいったいなにを知りたいというのです？」

「それ以上のことを」フィデルマはきっぱりといった。「クラドッグもコリンも教養のある人物でした。彼らの振る舞いは、生まれながらにして権力を手にし、支配することにも慣れている者のものでした。そこがひじょうに引っかかるのです」

「しかし、それとスァンパデルンがどう関係あるのです？　おっしゃるように、この地にとどまってこの謎を解明するというならば、まず私たちはそこからよく考えなくては」決意を受け入れてくれたことがさりげなく伝わる彼の言葉に、フィデルマの肩の力がふっと緩んだ。

「では、このまま一緒に来てくださるのですね？」彼女は訊ねた。

エイダルフはきまり悪そうに鼻をすすった。「不思議ですか？」

彼女はため息をついた。「いいえ。ちっとも」彼女は認めた。「では、あなたの間違いをかならず証明してみせますわね」

彼は暗闇の中で眉をひそめた。「間違い？　どういう意味です？」

「あなたは、スァンパデルンでの失踪事件とクラドッグにはなんの関わりもないだろうといっていましたね。ですが私が思うに、彼はおそらく、さほど密接な関わりはないにせよ、話していた以上のことを知っています」

「しかしお忘れかもしれませんが、サクソンの襲撃者たちが目撃されているのですよ。修道士たち数人の遺体が発見され、おまけにスァンパデルンにはホウィッケ人の遺体もあったのです。あの場所で起こったことについて、これ以上どんな証拠が必要なのです？　クラドッグのような盗っ人と、サクソンの襲撃者たちにいったいどんな関わりが？」

「一味を引き連れて音もなく近づいてきたところを見ると、彼は以前にもあの場所に来たことがあるか、あるいは私たちがあの場所にいると前もって聞かされていたにちがいない、と私は申しましたよね？」

「ほかにも考えようはあります」

「どのような？」フィデルマは驚いた。エイダルフがその謎について考えを巡らせていたとは意外だった。

「スァンパデルンに向かうところを見られていたのかもしれません。私たちが中に入るのを見届けてから、こっそりあとをつけてきたのでは」

「私の記憶では、納屋へ向かったときには修道院内に足を踏み入れてから一時間は経っていました。あの男が私たちを待ち構えていたならば、ずいぶんと待たされるはめになったはずです」

「すでに持論がおありのようですね」エイダルフは諦めたようにいった。

しかし驚いたことに、彼女は否、とかぶりを振った。「今はまだ疑問を抱えているだけにすぎません」

「ですが、そこに関わりがあるとお思いになるのはなぜです？　あの男に納屋でふい打ちされたからといって、やつがサクソン人による襲撃になにかしら関わっている、と決めつける理由にはならないのではありませんか」

「彼は、あのサクソン人が霊廟《れいびょう》に収められていたことを知らなかった、とあなたはいいましたね？」

「ええ。知っていたとすれば、私がサクソン人だとわかったとたんになにかしらいってきたはずです」

「彼は知っていましたよ」

エイダルフは暗がりの中で彼女をじっと見つめた。だが見えたものといえば、彼女の頭が暗闇よりも黒い影となって、彼の胸に寄りかかっているところだけだった。「私は聞いていませんね」彼はいいわけがましく、いった。

「私たちが名乗ったとき、最初に彼がいった言葉です。憶えていませんか？」

「確か、〝アイルランド女《グウィズエル》とサクソン人か〟というようなことをいわれました」

「いいえ。彼がいったのはこうです。〝アイルランド女《グウィズエル》に、またしてもサクソン人か〟と。つまりほかにもサクソン人がいたということです、それがもし――」

「あのホウィッケ人のことだったら？」エイダルフが即座に助け船を出した。

「ホ、ウィッケ」フィデルマはやはり発音しづらそうだった。「なぜあなたがたサクソン人というのは、かように発音しにくい固有名詞ばかりなのです?」

「それは」エイダルフは突っぱねるようにいい返した。「私たちが異なる民族だからです。音声体系さえ知れば、あらゆる言語は、その話者である人々が発音しやすいようにできていますからね。すべての言語は発音可能なのです!」

「〝アプシト・インウィディア（悪く取らないでください）〟」フィデルマは宥めるように呟いた。「責めているわけではないのです。感想を述べているだけですわ」

「申しわけありません」エイダルフが小声でいった。「ともかく、言語とはじつに厄介なものです。言葉を重ねれば重ねるほど、裏の意味ばかり増えて本来の意味が失われ、とらえどころのないものになってしまう」

「いいえ、エイダルフ、ただひとつ、不誠実な言葉だけが言語を敵たらしめてしまうのです。話し手が誠実でなければ、言語は私たちの味方とはなってくれません」

エイダルフは軽く呻《うめ》いた。「はたして今は、知の探求にふさわしい状況なのですかね?」

「知を探求するのに時と場所など関係ありませんわ。クラドッグが知っているものごとを、言葉が明かしてくれました。クラドッグは霊廟にホウィッケ人の遺体があることを知っていたのです。あなたがサクソン人だと名乗ったのを聞いて、つい無意識に口からこぼれたのです――またしてもサクソン人か、と」

エイダルフは無言のまま、そのことについて考えた。やがて彼は口をひらいた。「つまり、あの男は霊廟に遺体があることを知っていたというのですね？」そこでふいに呻き声をあげた。「私ときたらなんて間抜けなんだ。シアルダか！」

「そのとおりです。あのホウィッケ人は、おそらく食堂でシアルダに追い詰められたのでしょう。そこであの肉切りナイフを手に取り、シアルダを刺して、返り討ちに遭ったのです」

「ですがなぜ遺体を石棺に隠したのでしょう？」

「そこがまだ答えの出ない疑問点です」

エイダルフは苛立たしげに舌を鳴らした。「賭けてもいいですが、クラドッグは今回の謎についてかならずなにか知っているはずです。シアルダのうわごとにもっときちんと耳を傾けておくべきでした」

フィデルマが眠そうにあくびをする気配がした。彼は洞穴の入り口を見やった。外はまだ暗く、雨もやんでいない。

「すこし眠りましょう」彼は勧めた。「夜が明けたらすぐにスァンヴェランに向かう道を探して、せいぜいクラドッグにふたたび出くわさないよう祈るしかありません」

聞こえてきたのは、規則的に繰り返される呼吸の音だけだった。フィデルマはすでに寝息を立てていた。

＊

騒がしい鳥の合唱にエイダルフは目を覚ました。あたりはまだ暗かったが、夜明けの気配は感じられた。それどころか、いつの間にか眠っていたことにすら驚いた。服は湿っていて不快きわまりなく、寄りかかっているのは洞穴の地面にある硬い岩、しかも曲げた左腕の中にはフィデルマがすっぽりと入りこんでいる。とうていこれでは眠れるはずがない、と、斜めに身体を横たえながら思っていたのがつい先ほどに思えた。

気を遣いつつ、彼はそっと首を巡らせ、すやすやと眠っているフィデルマを見おろした。いつもの自信に満ちた、つんとすましたような顔つきはどこへやら、そのおもざしはじつに頼りなげに見えた。

ふたたび洞穴の入り口に視線を戻すと、空はもはや漆黒の闇ではなく、見るたび明るさを増していた。鳥たちがますますやかましく鳴き交わしはじめた。そろそろ動いたほうがよさそうだ。

彼はおそるおそる身じろぎをした。フィデルマが不服そうにちいさな唸り声をあげた。エイダルフは自由なほうの手を伸ばすと彼女の肩を優しく揺すった。

「そろそろ出発の時間です」彼は穏やかな声でいった。

彼女はもう一度唸り声をあげるとまばたきをした。次の瞬間には上体を起こし、あたりに目を凝らしていた。ひんやりとした空気に彼女は身震いをした。

「寝過ごしてしまったかしら？」と、目をこすりながら訊ねる。

「大丈夫です」エイダルフはきっぱりといった。「けれどももう夜が明けます」

フィデルマは洞穴の入り口を見やり、空に視線を向けた。「では出発したほうがよさそうですね」彼女はいい、立ちあがって伸びをした。身体が冷え、湿った服が不快だった。馬たちは辛抱《しんぼう》強く立ったまま、冷えた空気の中で鼻を鳴らしていて、彼らが息をするたびにちいさな湯気のかたまりがあがっていた。

「とりあえず雨はやんだようです」洞穴の入り口まで歩いていったエイダルフが外を眺め、いった。「ですがまだ寒いですね」

外の地面は雨で水浸しのうえ、空にはまだ分厚い暗雲が垂れこめていた。彼はサクソン語で、なにやら罵《のの》りの言葉らしきものを呟いた。フィデルマが咎《とが》めるように片眉をあげた。エイダルフは肩をすくめ、濡れた地面を顎で指し示した。

「地面がこれでは、もしクラドッグがまだ私たちを探していたとしたら、たやすく跡をつけられてしまいます」

フィデルマは自分の馬に鞍を載せはじめた。「そうですね」彼女は認めた。「運よく岩の多い獣道か小川でも見つかれば、そこをたどっていくことにしましょう」

「今、目の前に飲みものと食べものを差し出されたら、誰のいうことでも聞きますよ」エイダルフはため息をつき、彼女にならって、鞍用の敷きものを自分の馬の背にかけた。

そういえば昨日の朝からなにも食べていないことを、フィデルマはふいに思いだした。

昨夜《ゆうべ》差し出された鹿肉を食べておくべきだった。逃亡したと見せかけるために食事をほうり出さざるを得なかったエイダルフも同様だった。

「旅の途中で、英気を養えるような場所が見つかることを祈りましょう。とにかくスァンヴェランへの道を探さねばなりません」フィデルマは朗らかな声でいった。「この馬たちも私たちと同じくつらい思いをしていますわ。ブラシもかけてもらえなければ、水も餌ももらっていないのですから」

エイダルフが先に立ち、ふたりは洞穴を出ると、ぬかるんで足もとの悪い、曲がりくねった細い小径を行き、やがて昨夜あとにした広い道に戻った。肌寒い、灰色の岩のような朝だった。鳥の歌すらもまばらになってしまったように思えた。

彼らは馬の背に跨《また》がり、獣道を進みはじめた。ふたりとも一見、ゆったりと馬に揺られているだけのように見えたが、すぐ近くで見ていた者があるならば、彼らが身体をこわばらせ、追っ手が迫ってきてはいないか、としじゅう周囲を見まわしていることに気づいただろう。

クラドッグが乗り手のいない馬に追いつき、はめられたと気づくまでにどのくらいあったのだろうか。彼が野営地に戻ってきて、フィデルマもまた姿を消していることに気づくまでにどのくらいの時間を稼げたのだろう？

ふたりは柊《ひいらぎ》と冬楢《ふゆなら》に囲まれた、柔らかい草の生えたひらけた場所に出た。傍らには山梨の木が、ほっそりとした輪郭《りんかく》とまばらな枝を絡ませながら、たがいに寄りかかるように固まって生えていた。あと二、三か月早ければ、この果実で腹を満たせたのだが。

エイダルフは馬に跨がったまま、目を凝らしてあたりを見まわしていた。彼はあっと低く声をあげると、馬を巡らせて木立のもとへ向かった。そこにある深い溝のついた木の幹に、なにか丈の高いものが生えていた。彼は馬をおりると、ナイフを出してそれを切り取りはじめた。

「それはなんです？」フィデルマが呼びかけた。

「朝食、になればありがたいのですがね」彼は答えた。「庭常《にわとこ》の木があることには気づいていたので、運に恵まれればよいがと思っていたところです」

「運に恵まれれば？」なんのことだかわからなかった。彼女は近づくと、エイダルフが木の幹から切り取ろうとしているものを見おろした。「うっ！」彼女はさも不愉快そうに鼻を鳴らした。「人の耳にそっくりですわ」

エイダルフはにっと笑ってみせた。「そのとおり、これは〝ユダの耳〟(3)とも呼ばれています」

それが茸《きのこ》だということはフィデルマにもわかった。茶褐色をしており、うっすらと透けていて柔らかそうだ。

「食べられるのですか？」彼女はためらいがちに訊ねた。

「珍味というわけではありませんが、国によっては調理したり生で食べたりします。とりあえずわれわれの飢えはいくらか満たしてくれるでしょう」

「消化不良を起こさないかしら」フィデルマはいい、手渡されたかけらを渋い顔でじっくりと眺めた。「なぜ〝ユダの耳〟と呼ばれているのです？」

「銀貨三十枚でキリストを売り渡した〝イスカリオテのユダ〟は庭常の木で首を吊ったといわれています。この茸は庭常の木にしか生えないのです」

フィデルマは試しにすこしだけ齧《かじ》ってみた。それほど不味《まず》くはなく、なにより空腹だった。しばしのち、ふたりはちいさな泉を見つけて喉の渇きを癒やした。この場所で小休止をして、馬たちにも水を飲ませたり、泉の周囲に生えている濡れた草を食《は》ませてやったりすることができた。そののちふたりはそこをあとにし、昇りゆく太陽の光を背に受けながらふたたび西をめざした。

まもなく、しだいに木々がまばらとなり、ふたりは曲がりくねったちいさな谷に出た。谷には川が勢いよく流れており、川幅がところどころ広くなっていて、それなりに水が溜まっていた。フィデルマの提案により、ふたりは馬で浅瀬をたどることにした。渦を巻く流れが彼らの足跡を消してくれた。

しばらくすると、周囲を覆っていた木々はなりをひそめ、低く平らな湿地がふたりの目の前にあらわれた。もの悲しい鷗《かもめ》の鳴き声が響いており、ぴりっとした潮の匂いが鼻をついた。

「海はそう遠くないようです」いうまでもないことをエイダルフが口にした。

「では、今度は北へ向かいましょう」フィデルマは答えた。「いくつか建物が見えます……」

「ようやくまともな食事にありつけそうですね」

フィデルマは連れに向かって沈んだ笑みを浮かべた。「正直にいいますと、このまま空腹でいるのと、先ほどの〝ユダの耳〟をもう一度食べるのとどちらか選べといわれたら、いっそ飢え死にするほうを選びますわ」

馬上のふたりは岩の多い高台を進んでいった。高台の西側は険《けわ》しいくだり坂で、その先は急な崖になっていた。眼下には砂浜のある広大な湾がひろがっていて、奥に砂利の浜が見えた。さらにその向こうの深い入り江には、川が滝となって勢いよく海へ流れこんでいた。ふたりは渡れる場所を探して、片側は崖、もう片側は湿地というこの谷を迂回して馬を進めねばならなかった。

建物の群れはちいさな村落とみえ、背後には小高い山が聳《そび》えていた。フィデルマは先ほどから、さほど遠くないあたりに、環状列石《ストーン・サークル》を含む古代の石が点々とあるのに気づいていた。村落からは煙があがっており、人々が行き来している。

エイダルフは安堵のため息をついた。「文明と食べもののもとへ戻ってきました」

「まずはここがどこなのかを確かめましょう」

近づいてみると、そこは村落といえるほど広くはなかった。大きな鍛冶場と離れの建物、それに彼女の国にもよくあるような、人々が集《つど》って飲み喰いをしたり宿泊したりする、宿屋らしきものがあるばかりだ。

ふたりが馬を進めていると、道の内陸側にある小径から、枯れ枝を山ほど背負った老人が近づいてきた。

エイダルフは、いくらか進歩したみずからの語学力を試してみることにした。

「〝こんにちは！《シュ・マエ》　この道はなんという……《パ・イン・ユール・フォルズ・イ》〟」

老人は足を止め、彼をしげしげと眺めた。目を丸くする。「〝サクソン人か？《サエッソン》〟」

「私はサクソン人です」エイダルフは認めた。

驚いたことに、老人は枯れ枝の束をどさりと落とすと、あらんかぎりの声で叫びながら、建物のほうへ慌てて駆け去ってしまった。

フィデルマは険しい表情だった。「どうやらこのあたりでは、サクソン人は嫌われているようですね」

エイダルフに異議を申し立てる暇すら与えず、フィデルマは堂々たるようすで老人のあとを追った。老人はすでに立ち止まり、両手を振りまわしながらあいかわらず大声をあげている。明らかに鍛冶職人とおぼしき肩幅の広い男と、さらに男がもうふたり、それぞれ武器らしきものを手に、警戒心もあらわにふたりを睨みつけながらこちらへ近づいてきた。彼らのおもざしに歓迎の表情はいっさい浮かんでいなかった。

「なんの用だ？」声の届くあたりまで来ると、肩幅の広い男が呼びかけてきた。

フィデルマは馬を止め、エイダルフもその傍らに止まった。「〝パクス・ウォービースクム(平和があなたがたとともにありますように)〟私は〝キャシェルのシスター・フィデルマ〟と申します」

「アイルランド人なのか?」鍛冶職人は眉をひそめた。「爺さんがいうには、あんたがたはここを略奪し、俺たちを殺しに来たサクソン人だと」

フィデルマは相手を安心させるべく微笑みを浮かべ、するりと馬からおりると、エイダルフにも馬からおりるよう身振りで示した。「私の連れはサクソン人です。ブラザー・エイダルフといいます。私たちは略奪に来たのでも、あなたがたを殺しにきたのでもありません。私たちは神に仕える者です」

男たちからやや肩の力が抜けたが、鍛冶職人はあいかわらず疑いのまなざしを浮かべていた。

「サクソン人が修道士としてこのあたりを旅しているなんざ、めったに聞いたことがない。経験からいわせてもらえりゃ、この沿岸じゃ、サクソン人てのは徒党を組んで襲撃にやってくるもんだ。俺たちが襲撃でどれだけ家族を失ってきたか」

「いっさい危害を加えるつもりはありません。スァンヴェランという場所を探しているのです」

「それで?」

フィデルマは一瞬戸惑った。「できれば休息と食事を、それから馬たちも疲れきっているので、飼い葉をやっていただけるとありがたいのですが。そのあとそのスァンヴェランへの方角を教えていただければ、私たちはすぐに出発いたします」

鍛冶職人はしばらく彼女をじっと見ていたが、やがて武器をおろして肩をすくめた。

「ここがスァンヴェランだ。俺の名前はゴフという」

訳　註

歴史的背景

1　キルデア＝キル・ダラ〔オークの森の教会〕。現在のアイルランドの首都ダブリンの南に位置する地方。アイルランドで聖パトリックに次いで敬慕されている聖女ブリジッドによって、この地に修道院が建てられたという。フィデルマは、尼僧として、一時この修道院で暮らしていた。

2　聖ブリジッド＝聖女ブリギット、ブライドとも。四五三年頃～五二四年頃。アイルランドで聖パトリックに次いで敬慕されている聖職者。若くして宗門に入り、めざましい布教活動をおこなった。キルデアに修道院を設立。アイルランド初期教会史上、重要な聖女。詩、治療術、鍛冶の守護聖人でもある。フィデルマはモアン王国の人間であるが、ラーハン王国のキルデアに建つ聖ブリジッドの修道院に所属して、ここで数年間暮らしていたため、〝キルデアのフィデルマ〟と呼ばれていた（のちにキルデアを去って、〝キャシェルのフィデルマ〟と名乗るようになる）。

3　ドーリィー＝古代アイルランド社会では、女性も、多くの面でほぼ男性と同等の地位や権利を認められていた。女性であろうと、男性とともに最高学府で学ぶことができ、高位の公的地位に就くことさえできた。古代・中世のアイルランド文芸にも、このような女性が高い地位に就いていることをうかがわせる描写がよく出てくる。このシリーズのヒロイン、フィデルマは、こうした社会で最高の教育を受け、ドーリィー〔法廷弁護士。ときには、裁判官としても活躍することができた〕であるのみならず、アンルー〔上位弁護士・裁判官〕という、ごく高い公的資格も持っている女性で、国内外を舞台に縦横に活躍する。古代アイルランドの学者の社会的地位は、時代や分野によって若干違いがあるようだが、だいたいにおいて七階級に分かれていた。最高学位がオラヴ、第二位がアンルーなのである。フィデルマは、むろん作者が創造した女性ではあるが、けっして空想的なスーパー・ウーマンといった荒唐無稽な存在ではなく、充分な根拠の上に描かれたヒロインである。

4　アイルランド語＝古代ケルト民族のうち、アイルランドやスコットランドに渡来してきた種族が、ゲール人、すなわちのちのアイルランド人である。彼らの言語のアイルランド語は、十二世紀半ば以来、七百年続いた英国による支配の歴史の中で使用を禁じられ、アイルランドの日常語は英語となってしまったが、日常生活の中でアイルランド語を使っている地方も、まだわずかながら残っている。作者は、表記を〈アイルランド〉で統一しているが、〈ゲール〉には古い過去の雰囲気や詩的情緒が漂うようで、訳文では、ときにはゲール、ゲール人、ゲール語という表現も用いている。

5 ウラー＝現在のアルスター地方。アイルランド北部を占める。アイルランド五王国のひとつ。

6 コナハト＝アイルランド五王国のひとつ。アイルランドの北西部を占める。古代叙事詩『クーリィーの家畜略奪譚』をはじめ、数々の英雄譚伝説にしばしば登場する地方。現在の西部五県（ゴールウェイ、メイヨー、スライゴー、リートリム、ロスコモン）。

7 モアン＝現在のマンスター地方。モアン王国はアイルランド五王国中最大の王国で、首都はキャシェル。キャシェルは現在のティペラリー州にある古都で、町の後方に聳《そび》える巨大な岩山〈キャシェルの岩〉の頂上に建つキャシェル城は、モアン王の王城でもあり大司教の教会堂でもあって、古代からアイルランドの歴史と深く関わってきた。現在も、この巨大な廃墟は、町の上方に威容を見せている。この物語の主人公フィデルマは、数代前のモアン王ファルバ・フランの娘であり、現王である兄コルグーとともに、このキャシェル城で生まれ育った、と設定されている。

8 ラーハン＝現在のレンスター地方。モアン王国に次ぐ勢力を誇り、モアンと絶えず対立関係にある強大な王国。モアン王国の王妹フィデルマが所属する修道院の所在地はキルデアなので、彼女はよく〝キルデアのフィデルマ〟と呼ばれているが、キルデアは、ラーハン王国内の地。

9 大王《ハイ・キング》＝アイルランド語ではアード・リー。〝全アイルランドの王〟、あるいは〝アイルランド五王国の王〟とも呼ばれる。古くからあった呼称であるが、強力な勢力を持つようになったのは、二世紀の〝百戦の王コン〟、その子である三世紀のアルト・マク・コン、アルトの子コーマク・マク・アルトの頃。実質的な大王の権力を把握したのは、十一世紀初めの英雄王ブライアン・ボルーとされる。大王は、ミースの王都タラで、政治、軍事、法律等の会議や、文学、音楽、競技などの祭典でもあった国民集会〈タラの祭典〉を主宰した。しかし、この大王制度は、一一七五年、英王ヘンリー二世に屈したロリー・オコナーをもって、終焉を迎えた。

10 ミー＝現在のミース。アード・リー〔大王《ハイ・キング》〕が政《まつりごと》をおこなう都タラがある。

11 タラ＝現在のミース州にある古代アイルランドの政治・宗教の中心地。〝九人の人質を取りしニアル〟により、大王《ハイ・キング》の王宮の地と定められたとされる。遺跡は、紀元前二〇〇〇年よりさらに古代にさかのぼるといわれる。

12 クラン〔氏族〕＝クランは英語になっている単語だが、語源はゲール語（アイルランド語）の〝子ども〟、〝子孫〟を意味する単語。祖先を同じくする親族集団。

13 〝ウェリスク〟（外国人）＝〝ウェリスク〟は古英語で〝外国人〟の意味だが、特にブリトン人（アングロサクソンではない）およびウェールズ人を指す。

14 ジュート人＝アングロサクソン人の一派。ゲルマン民族の大移動の際には、もともと住んでいたユトランド半島からブリテン島へ移住した。

15 デイシ＝ミース地方の強力な部族で、小王国を形成していた。彼らの王〝槍鋭きエンガス〟の姪が、大王《ハイ・キング》コーマク・マク・アルトの息子ケーラクに凌辱されたとき、エンガスはタラの大王の許へ出かけて正義の裁きを求めた。しかし、ケーラクに事実を否定され、怒ったエンガスは彼を殺害する。そのためデイシ一族はコーマクの執拗な報復を受けて国を追われ、ある者はマンスターに、またある者は海を渡って南ウェールズに移住することになった。デイシ一族の離散と滅亡は史実であるが、一方では『デイシ一族の放逐』という物語となって、後世に伝えられた。物語は、三世紀には口承文芸として成立していたと考えられているが、文献としては六、七世紀の古文書として断片的に残っている。

本書の作者であるピーター・トレメインは、これらを基にした *Ravenmoon*（仮題『大王の月』）という長編小説も著している。

またコーマクは、息子ケーラクが殺されたとき、息子をかばおうとしてエンガスの槍の石突で突かれ、片目を失った。古代アイルランドでは、五体健全な者でなければ王位に就くことはできない定めになっていたため、コーマクは退位し、別の息子カブリーが次代の大王位を継いだとされている。

16 オーハッジ王＝アートホルプの息子オーハッジ。五世紀初頭にダヴェド王国を治めた王。

17 デルフィネ＝デルフィニャ。デルウィネとも。血縁で繫がれた集団やその構成員。デルヴは、〝真の〟、〝血の繫《つな》がった〟などを意味し、フィネ（フィニャ）は〝家族集団〟を意味する。男系の三世代（あるいは、四世代、五世代、などと言及されることもある）にわたる、〈自由民〉である全血縁者。

18 〈フェナハスの法〉＝のちの〈ブレホン法〉。

19 〈ブレホン法〉＝この法体系は、数世紀にわたる実践の中で洗練されながら口承で伝えられ、五世紀に成文化されたと考えられている。しかし固定したものではなく、三年に一度、大王《ハイ・キング》の王都タラにおける祭典の中の大集会で検討され、必要があれば改正された。この法体系は、ヨーロッパの法律の中できわめて重要な文献とされ、十二世紀後半に始まった英国による統治下にあっても、十七世紀までは存続していた。しかし、十八世紀には、最終的に消滅した。現存文書には、刑法を扱う『シャンハス・モール』、民法を扱う『アキルの書』があり、両者とも、『褐色牛の書』に収録されている。

20 大王《ハイ・キング》オラヴ・フォーラ＝アイルランドの第十八代（一説には、第四十代）の大王とされる。伝承によれば、初めて法典の体系化をおこない、また〈タラの祭典〉を創始した、とされている。

21 大王《ハイ・キング》リアリィー＝リアリィー・マク・ニール。五世紀半ばの大王。四六三年没。英雄的な王〝九人の人質を取りしニアル〟の子。〈九人の賢者の会〉を招集し、主宰した。

22 パトリック＝三八五〜三九〇年頃の生まれ。没年は四六一年頃。アイルランドの守護聖人。ブリトン人で、少年時代に海賊に捕らえられて六年間アイルランドのシュレミッシュで奴隷となっていたが、やがて脱出してブリトンへ帰り、自由を得た。四三二年頃アイルランドにキリスト教の布教者として戻ってきて、アード・マハ（アーマー）を拠点として活躍、多くのアイルランド人を入信させた。初めてアイルランドにキリスト教を伝えた人物（異説あり）として崇拝されている。〈聖パトリックの日〉は三月十七日。この日は世界各地でセント・パトリックス・デイのパレードがおこなわれているが、日本でも、近年おこなわれるようになった。

23　フェシュ・タウラッハ＝〈タラの祭典〉、〈タラの大集会〉。三年に一度、秋に、タラの丘で開催される大集会。アイルランド全土から人々が集まる、一種の民族大祭典ともいうべき大集会であり、さまざまな催し、市、宴などが繰りひろげられ、人々は大いに楽しむのであるが、おもな目的は、①全土に法律や布告を発布する、②さまざまな年代記や家系譜等を全国民の前で吟味《ぎんみ》し誤りがあればそれを正す、③国家的な大記録としてそれを収録する、という三つであった（ダグラス・ハイド等）ようだ。

24　性的いやがらせ＝女性が、意に反して接吻を強要された場合、その女性の〈名誉の代価《オナー・プライス》〉を全額払わねばならぬ、女性の衣服の中に手を入れた場合、七カマルと三オンスの罰金、女性の体に触れたり、下着の中に手を入れた場合には、銀十オンスなどと、かなり具体的な罰則を定めて、女性をセクシャル・ハラスメントから擁護していたようだ（ファーガス・ケリー等）。

25　離婚＝〈ブレホン法〉は、『カイン・ラーナムナ〈婚姻に関する定め〉』という法律の中で、男女同等の立場での結婚をはじめとするさまざまな男女の結びつきをくわしく論じているが、離婚の条件や手続きなどについても、いろいろ定められているようである。離婚問題は、たとえば短編集『修道女フィデルマの叡智』収録の「大王廟の悲鳴」など、《修道女フィデルマ・シリーズ》の多くの作品で触れられている。第五作『蜘蛛《くも》の巣』

の第八章では、フィデルマは「……でもクラナットは、彼と離婚する権利を法によって十分認められたでしょうに？……結婚の際に持参したものを全部とり戻す権利が、彼女にはあるはず。もし持参金が一切なかったとしても、エベル（クラナットの夫）の財産が結婚期間中にそれ以前よりも増えていたら、その増加分の九分の一は、離婚に際して自動的に彼女のものと認められます」と、具体的に説いている。

26　ブレホン〈法官、裁判官〉＝古いアイルランド語でブレハヴ。〈ブレホン法〉に従って裁きをおこなう。彼らはひじょうに高度の専門学識を持ち、社会的に高く敬《うやま》われていた。ブレホンの長《おさ》ともなると、司教や小国の王と同等の地位にあるものとみなされた。

27　〝タラのモラン師〟＝ブレホンの最高位のオラヴの資格を持つ、フィデルマの恩師。

28　〈詩人の学問所〉＝七世紀のアイルランドでは、すでにキリスト教が広く信仰されており、修道院の付属学問所などを中心として、新しい信仰とともに入ってきたキリスト教文化やラテン語による新しい学問も、しっかりと根づいていた。だが、古来の〈詩人の学問所〉のような教育制度が伝えたアイルランドの独自の学問も、まだ明確に残っていた。フィデルマも、キルデアの聖ブリジッドの修道院で新しい、つまりキリスト教文化の教育を受け、神学、ヘブライ語、ギリシャ語、ラテン語などの言語や文芸にも通暁しているが、そのいっぽう、古いアイルランド古来の文化伝統の中でも、恩師〝タラのモラン〟の薫陶を受けた〈ブレホン法〉の学者でもある。

29　アンルー＝歴史的背景訳註3参照。

30　オラヴ＝本来の意味は〝詩人の長《おさ》〟。詩人の七段階の資格の中での最高の位であり、九年から十二年間の勉学と、二百五十編の主要なる詩、百編の第二種の詩を暗唱によって完全に修得した者に授けられた位。しかしフィデルマの時代には、各種の学術分野の最高学位をさすようになっていた。現代アイルランド語では、〝大学教授〟を意味する。

31　『シャンハス・モール』＝五世紀の大王《ハイ・キング》リアリィーが、八人の賢者を招集し、みずからも加わった九人で、それまでに伝えられてきたさまざまな法典やその断片を検討し、集大成された。三年の歳月をかけて、四三八年に完成した大法典が、この『シャンハス・モール』（〝大いなる収集〟の意）。アイルランド古代法〈ブレホン法〉の中の最も重要な文献である。

32　『アキルの書』＝『シャンハス・モール』とともに、アイルランドの古代法の重要な法典。作者が述べているように、『シャンハス・モール』は刑法、『アキルの書』は民法の文献のようであるが、前者を民法、後者を刑法の文献と述べる学者もあるようだ。この二大法典は、異なる時代に異なる人々によって集大成されたので、いずれにも民事に関する言及も刑事犯罪に関するものも収録されているからであろう。どちらかが刑法、どちらかが民法と拘《こだわ》る必要はないのかもしれない。『アキルの書』は、三世紀の大王《ハイ・キング》コーマク・マク・アルトの意図のもとに編纂されたとも、また七世紀の詩人ケンファエラがそれに筆を加えたとも伝えられている。コーマクは戦傷によって片目を失い、大王位を息子の〝リフィーのカブリー〟に譲った。太古のアイルランドの掟には、王や首領は五体満足なる者であるべしとの定めがあったためである。だが、若い王は難問にぶつかると、しばしば父コーマクに教えを請うた。それに対して、コーマクが「我が息子よ、このことを心得ておくがよい……」という形式で、息子に助言を与えた。その教えが、この『アキルの書』である、とも伝えられている。アキルは、大王都タラの近くの地名。

33　ドゥルイド＝古代ケルト社会における、一種の〈智者〉。語源は、〈全き智〉を意味する語であったといわれる。極めて高度の知識を持ち、超自然の神秘にも通じている人物とされた。アイルランドにおけるドゥルイドは、預言者、占星術師、詩人、学者、医師、王の顧問官、政《まつりごと》の助言者、裁判官、外交官、教育者などとして活躍し、人々に篤く崇敬されていた。キリスト教が入ってきてからは、異教、邪教のレッテルを貼られ、民話や伝説の中では〝邪悪なる妖術師〟的イメージで扱われがちであるが、本来は〈叡智の人〉である。宗教的儀式を執りおこなうことはあっても、かならずしも宗教や聖職者ではないので、ドゥルイド教、ドゥルイド僧、ドゥルイド神官という表現は、偏《かたよ》ったイメージを印象づけてしまおう。

34　ケルト・カトリック教会派＝アイルランドでは、キリスト教は五世紀半ば（四三二年頃）に聖パトリックによって伝えられたとされるが、その後速やかにキリスト教国になり、聖コルムキルや聖フルサをはじめとする多くの聖職者たちがあらわれた。彼らは、まだ異教徒の地であったブリテンやスコットランドなどの王国にも赴き、熱心な布教活動をおこなっていた。しかし、改革を進めつつあったローマ教皇のもとなるローマ派のキリスト教との間には、復活祭《イースター》の定めかた、儀式の細部、信仰生活の在りかた、神学上の解釈などさまざまな点で相違点が生じており、ローマ教会派とアイルランド（ケルト）教会派の対立を生んでいた。だが、フィデルマの物語の時代（七世紀中期）には、アイルランドにおいてもしだいにローマ教会派がひろがりつつあり、九〜十一世紀には、アイルランドのキリスト教もついにローマ教会派に同化していくことになる。

35　ニカイアの総会議《カウンシル》＝三二五年、コンスタンティヌス大帝によって招集されたニカイアの総会議は、復活祭《イースター》の日の定めかたやその他の議題で議論が紛糾し、議場は騒然となった。結局、復活祭は「春分に次ぐ満月後の最初の日曜日」と、一応の決着をみた。

36　アナム・ハーラ＝〈魂《ソウル》の友《フレンド》〉。〝心の友〟と表現されるような友人関係の中でも、さらに深い友情、信頼、敬意で結ばれた、精神的支えともなる唯一の友人。《修道女フィデルマ・シリーズ》のほかの作品の中でも、よく言及される。

37 オーラッハ、……＝オーラッハは親指の長さ、約一インチ、約二・一センチメートル。バスは掌《てのひら》の幅の長さ、約八・四センチメートル。トゥリッグは足の長さ、約一フィート、約二十五センチメートル。ケイムは一歩の長さ、約六十二・五センチメートル。ジエシュ・ケイムは二歩の長さ、約一・五メートル。フェルタッハは短い竿尺《さおじゃく》の長さ、約一ロッド、約三メートル。フォラッハは長い竿尺の長さ、約三十六メートルとされる。

第一章

1 ブラックソーン＝スモモ科の低木。アイルランドでは伝統的にこの幹を杖や棍棒《こんぼう》に用いる。スピノサスモモとも。

2 福者《ブレッシド》＝教皇庁が死者の聖性を公認した人物への尊称。のちに聖者《セイント》に公認されることが多い。しかし〝聖なる人〟という意味で、より広義に用いられることもしばしばある。たとえば聖パトリックも、ブレッシド・パトリックという呼ばれかたをすることがある。

第二章

3 カルン・ゲッスィ＝ウェールズ語で〝木立にある石を積みあげた塚〟の意味。

1　〝カンタベリーのテオドーレ〟＝小アジアのタルソス生まれのギリシャ人。六六四年、ノーサンブリア王国の修道院においてオズウィー王の主宰という形で開催されたウィトビアの教会会議《シノド》で、サクソン諸王国は、ケルト（アイルランド）・カトリック教会ではなく、ローマ・カトリック教会を信奉することになり、ローマ派のカンタベリー聖堂が、サクソンのキリスト教信仰の首位座となった。その初代の大司教がテオドーレ。《修道女フィデルマ・シリーズ》第二作『サクソンの司教冠《ミトラ》』の中で、エイダルフは彼の秘書官に任じられたと設定されている。

2　アイオナ＝スコットランド西海岸沖の小島。サクソン諸王国に布教にやって来たアイルランド人の聖コルムキルが、まず布教活動の拠点となる修道院を建てたのがこのアイオナ島であり、この島はサクソンにおけるアイルランド（ケルト）・カトリックの布教と学問の中枢の地となった。

3　トゥアム・ブラッカーン＝アイルランド北西部のゴールウェイ地方の町に六世紀に設立された修道院。神学、医学の学問所としても名高かった。

4　ウォドン＝ヴォーディンとも。アングロサクソンの最高神。北欧神話のオーディン。

5 〈英雄の広間〉＝ワルハラ。ゲルマンや北欧の神話で、英雄の霊がウォドン（オーディン）の侍女ワルキューレたちに導かれて赴く、至高神の宮殿の中の広間。

6 ゲレファ＝サクソンの法を執行する行政官。代官。

7 マーシア＝ブリテン島の中南部の、アングル人の古代王国。

8 エセルフリス＝六世紀のアングル人の王国であるバーニシア王国の王、即位五九三年頃、六一六年頃没。

9 シェリフ＝ブリトン人の王国、ポウイス王国の王、六一六年没。

10 〝槍鋭きエンガス〟＝歴史的背景訳註15参照。

11 コーマク・マク・アルト＝〝アルトの息子コーマク〟。二五四〜二七七年の大王《ハイ・キング》。英雄フィンを首領とした有名な〈フィニアン戦士団〉の保護者で、デ・ダナーン神族の神、とりわけ海神マナナーンと親しく、数々の異境の冒険を体験したとされる。史実と英雄伝説との間で活躍する英雄王。フィンの許婚でありながら、〈フィニアン戦士団〉の戦士ディアルムィッドと駆け落ちをしてフィンの激しい追跡を受けた悲恋物語のヒロイン、グラーニャは彼の娘であったとされる。

12　つい先日ファールナ修道院において……＝《修道女フィデルマ・シリーズ》長編第九作『昏《くら》き聖母』参照。

第三章

1　ローマの聖職者アウグスティヌス＝カンタベリーのアウグスティヌス、初代カンタベリー修道院大司教、五三四～六〇四年頃。

2　〈聖ヨハネの剃髪《トンスラ》〉＝アイルランド（ケルト）教会では、ローマ教会の剃髪とは異なる形をとっていた。作者は《修道女フィデルマ・シリーズ》の中でよくこの点に言及しているが、たとえば、シリーズ二作目の『サクソンの司教冠』の中でも、〝後ろの髪は長く伸ばし、前頭部は耳と耳を結ぶ線まで剃り上げる様式である〟と説明している。

3　オイディウス＝ローマの詩人。紀元前四三年～紀元後一七年頃。

第四章

1　ペンダ＝アングル人の古代王国マーシアの王。六五五年没。在位六三四年？～六五五年。非キリスト教徒であり、ノーサンブリアと交戦を繰り返した。

2　〝ノーサンブリアのオズウィー〟＝六一二年頃～六七〇年。ウィトビアの教会会議《シノド》の主宰者。

第五章

1　〈名誉の代価《オナー・プライス》〉＝ローグ・ニエナッハ。地位、身分、血統、資力などに応じて、慎重に定められる各個人の価値。被害を与えたり与えられたりした場合など、この〈名誉の代価〉に応じて損害を弁償したり、弁償を求めたりする。

2　アモブル＝カムリ（ウェールズ）において、性的関係、あるいは強姦、婚姻料、持参金、密通の代償として、女性の領主に対して支払われる代価。

第七章

1　聖アンブローズ＝ミラノの司教。三七四～三九七年。聖アウグスティヌスの師で、国家に対する教会の地位を向上させたほか、典礼と聖歌を革新して〝賛歌の父〟と称される。
2 タキトゥス＝ローマの歴史家。五五年頃〜一二〇年頃。
3 トゥーナー＝北欧神話のトールにあたる。雷神。
4 フリッグ＝フリッガ。北欧神話では、最高位の女神で、至高神オーディンの妻。女神フレイアと同一視されることもある。愛と豊穣の女神。
5 ティーウ＝北欧神話のティールにあたる。天空と戦闘の神。

第八章

1 ゴール＝古代ローマ帝国の属領。ガリア。フランス、ベルギーの全域から、オランダ南部等にひろがる地域を指す古地名。
2 ペトロニウス＝ローマの諷刺《ふうし》作家。六六年頃没。
3 パブリリウス・シーラス＝紀元前一世紀頃に、ローマ演劇の世界で活躍し、人気を博したマイム俳優、マイム作者。また、広く読まれていたストア哲学的な格言集の著者である、ともいわれている。

4　つい先頃も、ファールナ修道院の……＝『昏《くら》き聖母』参照。

第九章

1　アンティステネス＝ギリシャの哲学者。紀元前四四四年頃〜前三六五年頃。

2　アンティオキア＝古代シリアの首都。商業都市であると同時に、初期キリスト教信仰の中心地の一つであった。

3　〈木の智《フィシエル》〉＝ケルト古来のボードゲーム。チェスと混同されることもあるが、違うゲームである。アイルランド、ウェールズの神話伝説にも登場する。

第十章

1　サクソンの雷神スノール＝〝トール神〟のサクソンにおける呼び名。

2　タラニス＝ケルト神話における雷神。

3　〝ユダの耳〟＝木耳《きくらげ》の別称。

訳者紹介 1969年生まれ。上智大学大学院文学研究科英米文学専攻博士前期課程修了。訳書にトレメイン「憐れみをなす者」「昏《くら》き聖母」、ウォルトン「アンヌウヴンの貴公子」、ジョーンズ「詩人《うたびと》たちの旅」「聖なる島々へ」などがある。

検印
廃止

風に散る煙 上

2024年7月19日 初版

著 者 ピーター・トレメイン

訳 者 田《た》村《むら》美《み》佐《さ》子《こ》

発行所 (株) 東京創元社
代表者 渋谷健太郎

162-0814/東京都新宿区新小川町1-5
電 話 03・3268・8231-営業部
03・3268・8204-編集部
URL http://www.tsogen.co.jp
DTP 工友会印刷
暁印刷・本間製本

乱丁・落丁本は、ご面倒ですが小社までご送付ください。送料小社負担にてお取替えいたします。

©田村美佐子 2024 Printed in Japan

ISBN978-4-488-21828-7 C0197

王女にして法廷弁護士、美貌の修道女の鮮やかな推理
世界中の読書家を魅了する

〈修道女フィデルマ〉シリーズ

ピーター・トレメイン

創元推理文庫

甲斐萬里江 訳

死をもちて赦《ゆる》されん
サクソンの司教冠《ミトラ》
幼き子らよ、我がもとへ 上下
蛇、もっとも禍《まが》し 上下
蜘蛛の巣 上下
翳《かげ》深き谷 上下
消えた修道士 上下

田村美佐子 訳

憐れみをなす者 上下
昏《くら》き聖母 上下

世界中の読書家に愛される〈フィデルマ・ワールド〉の粋
日本オリジナル短編集

〈修道女フィデルマ・シリーズ〉

ピーター・トレメイン◎甲斐萬里江 訳

創元推理文庫

修道女フィデルマの叡《えい》智《ち》
修道女フィデルマの洞《どう》察《さつ》
修道女フィデルマの探求
修道女フィデルマの挑戦
修道女フィデルマの采《さい》配《はい》

完全無欠にして
史上最高のシリーズがリニューアル!

〈ブラウン神父シリーズ〉

G・K・チェスタトン◇中村保男 訳

創元推理文庫

新版・新カバー

ブラウン神父の童心 ＊解説＝戸川安宣
ブラウン神父の知恵 ＊解説＝巽 昌章
ブラウン神父の不信 ＊解説＝法月綸太郎
ブラウン神父の秘密 ＊解説＝高山 宏
ブラウン神父の醜聞 ＊解説＝若島 正